1판 1쇄 찍음 2017년 1월 5일
1판 1쇄 펴냄 2017년 1월 13일

지은이 | 진 솔
펴낸이 | 정 필
펴낸곳 | 도서출판 **뿔미디어**

편집장 | 문정흠
기획 · 편집 | 선우은지

출판등록 | 2002년 9월 11일 (제1081-1-132호)
주소 | 경기도 부천시 원미구 소향로 17번길(두성프라자) 303호 (우) 14544
전화 | 032)651-6513 / 팩스 032)651-6094
E-mail | bbulmedia@hanmail.net
비북스 | http://www.b-books.co.kr

값 8,000원

ISBN 979-11-315-7676-2 04810
ISBN 979-11-315-7296-2 04810 (세트)

BBULMEDIA FANTASY STORY

진솔 현대 판타지 장편 소설

5

멋대로 라이프

뿔미디어

Contents

Chapter 1

치킨과 아버지

텅 빈 공간을 세로로 길게 찢으며 열린 마계의 입구.

그것을 보는 우리의 흔들리는 시선과, 그런 우리를 바라보는 십장 흑마법사의 또렷한 시선 속에서 나는 쩍 벌어진 틈새의 음울한 기운을 털어내듯 고개를 한차례 젓고 물었다.

"왜?"

"…응?"

순간 내 물음을 이해 못했다는 듯 되묻는 십장 흑마법사와, 마찬가지로 이런 질문을 한 나를 이해 못하겠다는 듯 쳐다보는 엠페러와 벨라를 보면서 나는 다시 물었다.

"아니, 그러니까 왜? 왜 내가 쟬 구하러 마계란 곳을 가야 하는 거야?"

설마 하니 이런 질문이 나올 것이라곤 생각하지 못한 것일까?

십장 흑마법사의 눈이 급격하게 흔들리고, 이를 지켜보던 벨라의 눈도 묘한 빛을 발했다.

"그, 그야… 동료니까?"

"흐음……."

당혹스럽다는 듯 어눌하게 대답하는 십장 흑마법사의 모습에 나는 살풋 미간에 주름을 지었다.

사실 분위기를 보자면 나여주를 구하기 위해 마계로 간다는 것이 이해가 안 되는 것은 아니었다. 나로선 잘 모르는 일이지만 어쨌거나 마계에 있는 심해왕이 소환되는 과정에서 나여주가 마나를 빼앗겼다고 하니, 그녀를 구하기 위해 마계로 가는 것은 어찌 보면 타당한 이야기인지도 모른다.

쉽게 말해 뺏긴 걸 찾으러 뺏어간 놈이 있는 곳에 간다는 이야기니까 말이다.

그리고 만일 나여주를 구할 방법이 그것뿐이라면… 나 역시 눈 딱 감고 한 번 가줄 의향도 있었다.

'비록 급조된 관계지만 친구…라고 했으니 말이지.'

물론 나여주가 딱히 동의를 한 것도 아니고 벨라나 엠페러의 동의를 받은 것도 아니긴 하지만… 뭐 어떤가? 어차피 이 동행의 리더는 나인바, 내 마음이지.

거기에 애당초 이곳은 게임 속이다. 그러니 마계로 모험을 떠난다고 생각하면 그다지 고민할 것도 아니었다.

물론 마계를 호락호락하게 본다는 것은 아니지만… 새로 생긴 친구를 찾기 위해 여행하는 셈 치고 겸사겸사 가는 정도는 괜찮다, 이거다.

그것이 나여주를 구하는 유일한 방법이라면 말이다.

'만약 정신을 못 차리게 된 게 벨라나 엠페러였다면… 고민할 것도 없이 당연히 마계로 갔겠지.'

나여주가 들었다면 꽤나 섭섭했을 말이지만 그게 사실이었다. 나여주가 아니라 벨라나 엠페러가 같은 상황에 처했다면 나는 두말 않고 마계로 향했을 것이다.

그건 단순히 벨라나 엠페러가 나에게 있어 더 소중해서라기보다는, 그들이 NPC라는 점 때문이었다.

'아무리 게임 속 설정에 영향을 받는다곤 해도… 우리는 유저란 말이지.'

유저는 이 게임 속 세상을 즐기는 자, 그런 우리에게 있어 게임 시스템에 의한 영원한 행동 불능이란 있을 수 없는 일이었다.

설령 어떠한 저주나 마법, 아이템, 퀘스트 등의 효과로 캐릭터가 움직일 수 없게 됐다고 한들 그것은 한시적인 조치일 뿐. 유저의 게임 플레이 자체를 멈추게 하는 것은 불가능하다.

왜냐? 우린 고객이니까.

아무리 심각한 상태 이상에 빠진 유저라고 해도 한 번 죽었다 부활하면 그 상태 이상은 해제되기 마련이며, 설령 죽음 후에도 남게 되는 저주 계열의 상태 이상이라고 한들 영원히 정신을 잃는 등 게임 플레이 기회를 강제로 제한하는 경우는 있을 수가 없다.

만일 그렇게 된다면 그 유저에게 있어 너무 억울한 일이 아니겠는가?

물론 게임 플레이 중 본인의 실수로 오랫동안 정신을 잃을 수밖에 없는 처지가 되었다고 해도, 당연히 유저에게 그 상태를 벗어날 수 있는 기회가 주어져야만 한다. 다짜고짜 잠재워 놓고 '이 캐릭터는 영원히 잠들었습니다. 다른 유저가 운 좋게 당신을 구할 때까지 플레이할 수 없습니다' 따위의 메시지가 뜬다면… 그 어떤 유저가 납득할 수 있겠는가?

그렇기에 유저에게 있어 영원한 행동 불능이란 존재할 수 없는 것이다.

'아마 이대로 두면 저절로 깨어나거나, 한 번 죽으면 해결될 테지.'

혹은 현재 상태로 해결할 수 있는 퀘스트 같은 것이 상태 이상에 빠진 나여주에게 주어져, 그것을 클리어하는 방식으로 해결될지도 모른다. 그 외에도 유저를 돕는 여러 편의 기능 등을 떠올리면 훨씬 간단하고 합리적인 방법으로 깨어날 수 있다. 그럴 경우 자칫 우리가 나여주를 깨우기 위해 저 마계로 간다는 것은 우리가 할 수 있는 선택 중 가장 최악의 선택이 될 수도 있다.

'게다가 저 반대편에 뭐가 있는지 모르는 다음에야……'

보기만 해도 기분이 나빠지는 마계의 입구였다. 만일 분위기에 휩쓸려 들어갔다가 우리마저도 곤란에 빠지게 된다면… 그때야말로 답이 없는 상황이 될 터였다.

심지어 마계에 어떤 위험이 있는지도 모르지 않는가?

생각이 깊어질 수밖에 없었다.

그렇게 대로의 고민이 깊어져 가던 그 시각.

글로리아 컴퍼니 운영실의 간이 접속기에 앉은 박중혁 부장은 얼굴이 점점 딱딱하게 굳어가는가 싶더니, 기어코 이를 갈며 욕설을 내뱉었다.

뿌드득—!

"저 노무 색키가!"

'이 자식… 게임에 푹 빠져 사는 것 같더만 왜 NPC 말을 안 들어?'

답답한 마음에 당장이라도 가슴을 펑펑 때리고 싶은 박중혁 부장이었지만, 원하는 순간만 전할 수 있는 대화와 달리 그의 행동은 곧장 접속한 캐릭터의 움직임으로 반영되었기에 고글을 통해 눈에 비치는 아들내미의 답답한 모습을 보면서도 함부로 움직일 수가 없었다.

사실 애당초 말이 안 되는 일이었다.

고작 해야 십장 흑마법사에 불과한 NPC가 뜬금없이 마계로 가는 문을 열고, 별다른 인연도 없음에도 다른 흑마법사들과는 정반대로 동료를 구할 방법을 제시하다니… 운영자의 개입이 아니라면 처음부터 불가능한 일이었다.

만약 지금 게임 속의 대로들이 조금만 차분히 생각해 봤다면 바로 눈치챌 수 있었을 법한 일이긴 했지만, 운 좋게도 그들은 쉽게 의심하기 힘든 타이밍에 꽤나 그럴듯하게 등장한 십장 흑마법사란 존재를 의심하지 않는 듯했다.

그렇기에 박중혁 부장은 필사의 메소드 연기로 대로 일행을 홀릴 수 있었고, 단숨에 마계 입구 앞까지 끌어다 놓기까지 했다.

하지만 이 모든 일을 마무리 짓는 최후의 순간… 그의 아들 박대로는 호락호락하게 넘어가지 않았다.

'재는 쓰잘데기 없는 데서 머리 회전이 빠르단 말이야.'

지금의 이 상황에서 몇 가지 이상함을 느낀 대로는 지금까지의 일을 해결하는 마지막 한 걸음을 앞두고 고민에 빠져 버렸다.

그게 십장 흑마법사의 정체를 유추해 내는 것이든 혹은 게임 시스템상의 문제를 떠올리는 것이든, 저렇게 깊게 고민을 시작한 이상 아마 쉽사리 박중혁 부장이 의도한 그림대로 움직여 줄 것 같지는 않았다.

'어휴, 저 원수 같은 놈! 어딜 저런 비상한 머리를 가져서는……!'

칭찬과 욕이 섞인 박중혁 부장의 말이었지만 그것은 단순히 자신의 양아들을 포장하기 위한 말은 아니었다.

처음 대로와 만났을 때는 몰랐지만, 박중혁 부장이 대로를 양아들로 맞아 함께 생활을 하면서 알게 된 것 중 가장 놀랐던 점은 그가 굉장히 뛰어난 두뇌의 소유자라는 것이었다.

물론 대로가 가진 특별한 신체 능력 역시 눈여겨 볼 만했지만, 때때로 발휘되는 놀라운 기지와 날카로운 통찰력은 보는 이들을 깜짝깜짝 놀라게 했고, 때로는 자신조차 미처 생각하지 못한 아이디어를 제시하기도 했다. 실제로 대로만 모를 뿐, 그가 액션 개발 팀에 있는 동안 언급했던 몇 가지는 이미 게임에 적용되어 있었다.

'짜식, 괜히 나를 닮아가지고는…….'

돌아가는 상황에 분명 심기가 불편하기도 하지만, 어째선지 으쓱거리는 어깨는 비록 긴 시간은 아니었지만 지금껏 대로의 부모의 역할을 해온 박중혁 부장의 심리를 아주 정확하게 묘사하고 있었다. 그것은 말로는 정의하기 힘든 부모의 심리였다.

'어휴! 망할 아들내미! 괜히 머리는 똑똑해서! 어휴! 누굴 그렇게 닮아서는! 응? 아주 그냥, 어? 칭찬을 해버릴라!'

웃는 듯 아닌 듯 씰룩거리는 입꼬리와 덩실거리는 어깨의 움직임을 필사적으로 참아내는 박중혁 부장이었지만, 아주 미세한 움직임조차 완벽하게 포착하는 간이 접속기는 그의 작은 움직임마저 게임 속에 반영해 나가고 있었다.

그리하여 같은 시각, 게임 속에서는……

'저거 왜 저래?'

뜬금없이 꿈틀꿈틀 어깨춤을 추기 시작한, 하나 스스로 티를 내고 싶지는 않은지 힘주어 참는 것이 뚜렷하게 보이는 십장 흑마법사. 그 다부진 어깨 근육이 꿈틀꿈틀 움직이는 모습을 포착한 나는 그 행동의 의미를 되짚어 보다가, 문득 흑마법사와 눈을 마주쳤다.

'어? 저건……?'

우연히 마주친 흑마법사의 눈동자, 그의 진중한 얼굴과 반대되는 다급함과 흐뭇함이 혼재된 기묘한 눈동자의 모습에 어렴풋이 떠오르는 것이 있었다.

'저 눈… 어쩐지 익숙한데.'

정확히 누구라고는 할 수 없지만, 눈을 보니 마주 보고 따져 묻고 싶은 말이 엄청 많은 어떤 인물의 형상이 뭉게뭉게 떠오른다고나 할까.

그렇게 어렴풋한 기억에 약간의 혼란을 느끼던 내가 다시 한 번 유심히 그를 쳐다보려던 찰나, 십장 흑마법사의 입이 다시 열렸다.

"그래서? 안 가겠다는 건가?"

'왜지……? 꽤 불안해하는 느낌인데?'

본인은 당당하다는 듯 뻔뻔하게 묻는 십장 흑마법사였지만, 오래도록 눈칫밥을 먹어온 내 눈썰미를 피할 수는 없다.

지금 저 흑마법사의 흔들리는 눈동자는, 마치 지난번 나 몰래 치킨을 시켜 먹은 아버지가 한겨울에 베란다 문을 활짝 열어놓은 채 거실에서 손톱 밑에 낀 치킨 양념을 이로 긁어내다가 마침 귀가한 나와 눈이 마주쳐, 아무렇지 않은 척 머리를 쓸어 넘기다가 미처 발견 못한 손에 묻은 양념을 머리에 떡칠하던 그 순간과… 똑같았다.

'…응? 똑같, 뭐?'

똑. 같. 았. 다.

벌떡!

"으으응?"

"뭐, 뭐냐!"

벌떡 일어나 얼굴이 맞닿을 듯한 거리에서 유심히 자신을 관찰하는 내 행동에, 그는 움찔 몸을 떨며 좀 전보다 더욱 흔들리는 눈동자로 나를 바라봤다.

'이번에는 이전 팀별 회식 때 우리 액션 팀 몰래 아버지 팀에서만 차돌박이를 시켰다가, 내가 들어오는 걸 보고 불판에 있던 차돌박이를 한 쌈에 다 우겨넣고 삼켜서 목에 걸렸을 때의 그 눈빛이랑 비슷한 거 같은데……'

눈빛만 보았을 뿐인데 굉장히 구체적으로 떠오르는 아버지의 모습에 점점 의심의 눈초리로 흑마법사를 쏘아보던 그때, 신색을 굳힌 흑마법사가 무언가 결심한 표정으로 불쑥 거리를 좁혀 왔다. 그러고는 내 귀에 대고 소곤소곤 속삭였다.

"야… 빨랑 들어가라."

속닥속닥.

흠칫!

짜증이 한가득 느껴지는 그 말투에서 강렬한 위압감을 느낀 내가 크게 한 걸음 물러나자, 그제서야 만족스럽다는 듯 안정된 눈빛과 은근한 미소를 지으며 흑마법사가 웃어 보였다.

"그래서… 안 간다고?"

'역시 아부지잖아!'

눈빛만 봤을 때는 긴가민가했지만, 저 짜증 섞인 어투하며 우위를 서자마자 흘러나오는 저 여유롭고도 가증스러운 모습은… 한 달이 넘도록 실물을 본 적이 없는 아버지가 틀림없었다.

'뭐야, 일반 NPC도 아바타화 할 수 있는 거였어?'

내가 알고 있는 운영자의 개입 권한은 신들을 비롯한 각국의 왕과 같은 특별한 NPC로서의 권한뿐이었는데, 이제 보니 그 이후로 추가 개발을 했거나 액션 팀만 모르는 기능이 더 있는 듯싶다.

그렇게 정체가 밝혀진 아버지를 보며, 나는 지난 시간 따져 묻고 싶었던 온갖 것들에 대해 말하고자 입을 우물거렸다. 그러나 그 순간, 아버지가 깊고 진중한 눈으로 아버지와 아들 간에만 통하는 텔레파시를 보냈다.

'가라.'

'…왜요?'

'왜요? 왜요? 지금 이 꼴을 봐라, 니들이 들어와서 이렇게 됐잖아!'

'그거야… 아버지가 미리 준비를 잘해놓으셨어야죠.'

'야! 너 같은 사기 캐가 저지른 걸 우리가 어떻게 미리 준비하나?'

'아, 누가 사기 캡니까? 거 누가 들으면 오해할 소리 좀 하지 마세요!'

'그럼 그게 사기 캐가 아니냐?'

'아, 내가 이렇게 되기까지 얼마나 힘들었는데… 게다가 이건 운이 좋아서……!'

옥신각신.

부자 간에만 통하는 텔레파시로 빠르게 눈빛 대화를 나누던 우리는 한참의 논의 끝에 합의점을 찾았다.

'그러면 치킨은 기프티콘으로 보내줄 테니까……'

'31.5가지 맛 아이스크림도요.'

'그, 그래……'

'바로 보내줘요.'

'알겠다……. 치킨은 순살로 보낼까?'

끄덕.

아버지의 질문을 끝으로 내 고개가 가볍게 끄덕여지고, 내 대답에 마찬가지로 아버지가 고개를 끄덕이는 것으로 우리의 마계행은 결정되었다.

여태 당했던 것을 생각하면 주도권을 쥔 이 순간 몇 배를 받아내도 모자랄 테지만, 그런 것을 논하기엔 자리가 적절치 않을 뿐더러 여기에 우리가 들어옴으로 인해 준비한 계획이 헝클어져 한동안 피를 볼 개발, 운영팀을 위해서라도 지금은 이 정도 선에서 만족하기로 했다.

'마계라… 괜찮겠지.'

이제 와 하는 말이지만, 사실 마계라는 곳에 흥미가 동하기도 했다.

물론 저 기분 나쁜 입구만 보면 여전히 거부감이 들기는 하지만, 근래에 한창 재밌어진 리버스 라이프가 아니던가.

이곳에서 즐기는 모험이라면 어디라도 좋았다. 물론 이로 인해 현재 진행 중인 퀘스트들이 완전히 엉켜 버릴 게 분명하지만… 그것도 나름의 재미가 있을 터. 어차피 멋대로 즐겨보려고 들어온 곳이니 보다 나은 즐길 거리가 있다면 잠시 길이 어긋나는 정도는 괜찮으리라.

"자, 가볼까?"

"으응?"

"우리 가는 거야?"

왜인지 내가 새로 영입한 인간 동료를 구하러 마계에 가는 것에 반대하자, 줄곧 내 눈치만 보고 있던 벨라와 엠페러. 그런데 어째선지 NPC와 내가 이해하기 힘든 끈적하고(?) 음험하기 짝이 없는(?) 눈빛으로 대화를 하는가 싶더니, 곧장 결정을 번복하자 당혹스러운 듯 되물었다.

"그래, 가자. 빨리!"

조만간 영접하게 될 치킨을 비롯한 다양한 주전부리를 떠올리며 일행을 향해 힘차게 외친 나는 바닥에 곱게 누워 있던 나여주를 어깨에 걸치고는 당당히 마계의 입구로 향했다.

그리고 내 모습을 빤히 쳐다보던 벨라와 엠페러가 뒤늦게 상황을 파악하고 나를 따라 입구로 뛰어들었다.

"잠깐! 주인, 같이 가야지!"

"제로!"

그렇게 다급하게 사라지는 우리 일행을 뒤에서 가만히 지켜보고 있던 십장 흑마법사… 아니, 박중혁 부장은 이마에 흘러내리는 식은땀을 닦아내며 중얼거렸다.

"후… 저 독한 놈……."

고거 참, 뉘집 자식인지. 이런 상황에서도 자기 챙길 걸 다 챙기고서야 발을 움직이는 대로를 떠올리며 한숨을 내쉰 그는 이내 아직도 물이 차오르고 있는 주변 모습을 돌아보곤 다시금 한숨을 쉬었다.

"아놔, 이걸 언제 다 치워."

박중혁 부장의 한숨 어린 한마디에, 밖에서 그 모습을 지켜보던 이들도 공감의 한숨을 쉬었다.

개발, 운영팀의 모두가 한숨을 내뱉던 그 시각. 나여주네 저택에서도 한숨 소리가 흐르고 있었다.

"아효! 아가씨! 잠시만요!"

"아니, 왜 접속이 안 돼냐고오오!"

쾅쾅쾅!

"아, 아가씨… 삼십 분만 있으면 풀린다고 하니까……."

"아, 그러니까 내가 왜 갑자기 기절에 걸린 건데! 마나 포션이 몇 갠데 누구 맘대로 마나 고갈이야! 빨리 이 회사 회장 전화

번호 갖고 와!"

"아, 아가씨……!"

"빨리이이이!"

자신을 강제 로그아웃시킨 접속기를 상대로 난동을 부리는 나여주의 목소리가 저택의 사용인들의 한숨 소리와 함께 오케스트라처럼 높이높이 울려 퍼졌다.

대로 일행이 마계로 떠나고, 박중혁 부장이 가슴을 쓸어내리던 그때.

밖에서 이 상황을 모니터링하고 있던 이들은 대로가 마계로 들어섬과 동시에 일사불란하게 움직이기 시작했다.

"여기! A−1으로 접속한다!"

"정령계는 상관없지?"

"일단 신이란 신은 몽땅 다 움직이도록 해."

그렇지 않아도 엉망이던 사무실을 더 혼잡스럽게 만들고 있던 여러 전선이며 부속품 따위를 주섬주섬 주워 모은 이들이 이를 모아 몸에 착용하기 시작했고, 그것은 곧 훌륭한 간이 접속기로 변했다. 사무실의 모두가 게임 속으로 접속하자, 그와 동시에 리버스 라이프의 세상 속 단 한 명을 제외한 모든 신들이 하나의 신탁을 내렸다.

— 마계의 문이 열릴 것이다.

— 그곳이 열리는 시간은 금일 저녁.

— 문으로부터 쏟아져 나오는 마물들과 마족들을 막아주세요!

— 능력이 된다면 직접 마계로 쳐들어가는 것도 좋겠지.

— 내가 너희에게 부여한 힘으로 그들의 야욕을 막아라!

— 문이 열려 있을 동안에는 이 세상의 모든 것들이 마계의 존재에게 집중할 터… 걱정할 것은 없을 것이다.

— 가라! 나의 종들아! 가서 나의 축복을 받은 너희의 힘을 똑똑히 보여라!

수십에 이르는 이름조차 잘 알려져 있지 않던 수많은 신들이 동시다발적으로 내린 그 신탁의 내용은 모두 동일했으며, 그 신탁을 들은 모든 이들은 신탁에 따라 각자 마계의 문이 열린다고 점지받은 곳으로 이동했다. 그리고 리버스 라이프의 홈페이지에는 대문짝만 한 이벤트 홍보 문구가 걸렸다.

— 마계의 문.

단 한 줄뿐인 홍보 문구였지만, 그로 인한 반향은 대단했다.

세계 최고의 인기를 구가하는 리버스 라이프는 극단적으로 제한된 게임 내 정보와 오픈 이래 단 한 번도 이벤트가 없었던 탓에 여러모로 말이 많은 게임이었다. 그런데 그런 리버스 라이프에서 갑작스럽게 마계의 문이라는 대형 이벤트와 함께 신탁이라는 이름으로 이벤트 관련 정보를 대거 풀어버린 것이었다.

이 변화의 파급력은 그야말로 지대했다. 각종 인터넷 포털은 물론 뉴스를 비롯한 각종 미디어 통신 매체에서는 하루종일 이와 관련한 이야기를 해 댔으며, 접속을 위해 직장인들은 모아둔 휴가를 아낌없이 썼고, 학생들은 학교나 학원에서 도망 나왔으며, 아내 몰래 게임을 즐기던 남편들이 사돈의 팔촌의 친구의 아버지의 이종사촌의 고조부까지 팔아 게임을 하러 집을 나서는 웃기지도 않는 상황이 연출되기 시작했다.

그렇게 세상은 리버스 라이프의 뜬금없는, 하지만 모두가 기다려 왔던 변화에 주목했다. 그리고 이 모든 일의 원흉이 된 인물은······.

"아, 치킨은 간장 치킨으로 고를걸!"

"갑자기 무슨 말인가, 주인?"

"마계에도 치킨 팔아?"

···아무 생각도 없었다.

우리가 마계에 들어선 지 얼마나 되었을까.

나는 슬슬 부담스러워지기 시작한 어깨 위 나여주의 존재를 느끼며 문득 주변을 둘러봤다.

'흐음, 아무것도 없는 황무지라……. 이걸 좋아해야 하나, 말아야 하나.'

나여주가 이런 상태이니만큼 들어서자마자 어마어마하게 강력할 것이 뻔한 마계의 몬스터와 마주치지 않은 점을 행운이라고 해야 할지, 아니면 기껏 거창한 마계의 문이란 걸 통과해 놓고 오래도록 아무런 소식도 없어 난감해진 이 상황을 불행이라고 해야 할지 헷갈린다.

게다가…….

"근데 우리 이제 뭐하지?"

"응? 지금 주인이 어깨에 걸치고 있는 여자를 살리려고 온 거 아니었나?"

"아, 그랬지."

NPC인 벨라와 엠페러가 보기엔 나여주가 위급한 상황으로 보였을 테지만, 나야 뻔히 얼마 안 가 깨어날 것을 알고 있는 탓에 관심을 두지 않고 있었다. 그래서 여태 어깨에 나여주가 걸려 있었다는 것도 잊고 있었다.

그 말인즉, 이곳에 온 명분은 이미 해결된 셈.

그렇기에 문제는 이제부터 시작이었다.

'뭘 어떻게 해야 하지?'

애시당초 아버지와의 거래를 통해 들어온 이곳, 흥미가 있었다고는 하나 사전 정보는커녕 아무런 생각도 없이 들어선 곳이었기에 목적지가 있을 리 만무했다.

만약 우리가 떨어진 곳이 풍광 좋은 산중턱이라도 됐다면 관광객마냥 둘러보기라도 하겠지만, 도착한 곳이 지평선이 끝없이 펼쳐진 황무지였으니…….

'그렇다면…….'

"전원 스톱!"

내 말에 둘은 정처 없이 거닐던 발걸음을 멈추고 나를 멀뚱히 바라보았다. 일행들을 마주 본 나는, 내 굳센 의지가 담긴 눈길에 긴장한 기색을 보이는 둘을 향해 의미심장하게 말했다.

"일단… 밥부터 먹자."

"……."

"……."

잠시 말이 없어진 벨라와 엠페러였지만, 이내 엠페러가 맞장구를 쳤다.

"맞다, 주인. 골드리버 마운틴도 식후경이라고 했다."

"…그건 어디 있는 산이냐?"

어쩐지 익숙하게 들리는 엠페러의 말을 뒤로한 나는 미리 인벤토리에 챙겨둔 샌드위치를 꺼내 각자의 손에 쥐어주고, 알아서들 자리를 잡게 했다.

풀썩!

풀썩!

포옥!

"응?"

어쩐지 다른 사람들과는 다른 앉는 소리에 진원지를 찾아 고개를 돌리던 나는, 흐뭇한 표정으로 나여주의 배 위에 떡하니 자리 잡은 엠페러를 보며 한숨을 쉬었다.

"야, 너 그러다 걔 갑자기 깨어나면 어떡하려고 그러냐."

"응? 무슨 소린가, 주인. 마계 어딘가에 혼이 빨려 들어갔으니 우리가 찾을 때까지는 못 일어나는 것 아닌가."

'얘들은 그렇게 인식하고 있나보군.'

새삼 엠페러와 벨라가 NPC임을 다시금 떠올리니 NPC들이 흑마법사나 마계에 대해 갖는 생각을 어느 정도 이해할 수 있었다.

"아니, 그렇다고 해도 그러고 있으면⋯⋯."

"어차피 도둑질도 주인이 모르면 도둑질이 아니다, 주인!"

당당!

'뭔가 비유가 아닌 거 같은데⋯⋯.'

하지만 그걸 지적하기에는 너무 뻔뻔하고 당당한 태도였기에 나는 그저 가볍게 고개를 저을 수밖에 없었다.

'하기사 저 녀석 숲에 있을 때는 더 심한 짓도 해댄 놈이었

으니.'

자기 딴에는 수백 년의 외로움을 달래기 위해 시작한 장난이 었다곤 하지만, 레벨 1이 된 엠페러와 눈도 못 마주치던 몇몇 엘프들을 떠올리면, 저 정도 수준은 양호한 편이리라.

'그래, 뭐 별일이야 있겠어?'

결국 녀석의 행동을 순순히 인정해 준 나는 여유로운 식사를 하고자 천천히 몸을 젖혀 뒤로 기대어 갔다. 그리고 마침내 내 뒤통수가 푹신한 살덩이에 파묻히려는 찰나, 날카로운 시선이 나를 향했다.

"제로……!"

뿌지직!

벨라의 손에 들린 샌드위치가 처참하게 두 조각이 나며 안쪽 을 채우고 있는 각종 채소들로 장기 자랑을 하는 모습을 확인한 나는 쭉 펴던 등허리를 다시 굽히며 말했다.

벌떡!

"훗차! 역시 식전, 식후엔 복근 운동이지."

꺼떡꺼떡!

팔자에도 없는 윗몸일으키기 열 번으로 생명의 위기에서 벗 어난 나는 여전히 의심스러운 눈초리를 보내는 벨라의 시선을 애써 무시하고 황무지의 흙먼지로 뒤덮인 샌드위치를 한입 물 었다.

그리고.

"으악!"

"뭐야!"

벌떡!

오는 내내 본 것이라곤 음울하게 보이는 보랏빛 하늘과 황량한 황무지였던 탓일까?

긴장의 끈을 놓고 있던 나머지 뒤에서 울려 퍼진 비명에 한 박자 늦게 반응한 나는, 손에 있던 한입 먹은 샌드위치를 뒤편을 향해 겨누며 자리에서 일어나 방금 비명을 지른 엠페러의 상태를 살폈다.

"마계!"

벌떡!

떼구르르!

"내 샌드위치!"

벌떡 일어선 나여주의 배 위에서 굴러떨어지며 처절하게 땅바닥에 처박힌 샌드위치를 부르는 엠페러의 모습. 게슴츠레한 눈으로 엠페러를 노려본 나는 이상한(?) 외침과 함께 깨어난 나여주를 보며 물었다.

"잘 잤냐?"

"웅? 어? 여긴 어디야? 분명 아까는 신전… 공사장이었는데?"

마지막 기억과는 확연히 다른 모습을 한 황량한 주변을 두리번거리며 자신의 위치를 파악하는 나여주의 모습에 나는 태연히 말했다.

"마계야."

"으응? 마계? 여기가?"

"그래."

마계라는 말에 의외로 전혀 놀라지 않는 나여주의 모습이 이상해 보였지만… 어쨌거나 그녀의 동의 없이 마계라는 위험 지대에 데리고 온 상황이니만큼 적당한 변명거리를 찾아 머리를 굴리려는데, 뜻밖에 주변을 둘러보던 나여주가 먼저 입을 열었다.

"뭐야? 벌써 이벤트가 시작한 거야? 아직 시간이 조금 남아 있던 걸로 기억하는데……."

"…이벤트?"

이해하기 힘들다는 듯 연신 무언가 중얼거리는 나여주의 말에서 예상 못한 단어를 포착할 수 있었다. 내가 되묻자, 오히려 그런 내 반응이 더 이상하는 듯 나여주가 말했다.

"그래, 이벤트. 지금 리버스 라이프에서 마계의 문이라는 이벤트를 한다고 밖에선 난리가 났는데… 그것도 모르고 여기 온 거야?"

"응? 아, 응… 그… 갑자기 앞에 문이 생겨서… 아니, 그보다

네 상태 이상을 회복하려면 마계에 와야 한다고……."

"흐응, 그래?"

내가 처음 십장 흑마법사를 의심했듯 게임 시스템에 대해 조금만 알고 있다면 논리적으로 납득하기 힘든 변명이었지만, 의외로 나여주는 신경 쓰지 않는다는 듯, 흥미로운 시선으로 우중충한 하늘을 관찰할 뿐이었다.

'그나저나 이벤트라… 역시 그건가.'

지금 밖에서 큰 소란이라는 마계의 문이라는 이벤트. 분명 심해왕의 신전에서 우리가 벌인 일과 관련이 있을 터였다.

우리가 마계에 입장하자마자 시작한 점도 그렇고, 어떻게든 마계로 보내기 위해 나와 협상을 한 아버지, 그리고 아마 운영 개발팀 입장에서는 기존 계획을 진행하기 위한 시간이 필요할 거라는 점을 떠올리면… 이 마계의 문이라는 뜬금없는 이벤트는 원래부터 기획하고 있던 이벤트는 아니었을 것이다.

'아니, 물론 준비하고 있던 이벤트일 수도 있겠지만…….'

심해왕의 신전이 그랬던 것처럼, 그렇다 하더라도 그 이벤트 시기가 지금은 절대 아닐 것이다.

사실 말이야 바른말이지, 철두철미하고 세심한 설정을 가지고 있는 리버스 라이프의 세계에 이렇게 개연성 없는 이벤트가 벌어진다는 것부터가 의심스러울 수밖에 없다.

'그렇다면 당분한 회사 근처에 얼씬도 하지 말아야겠군.'

어차피 딱히 갈 일도 없겠다만은… 지금쯤 내 이름을 잘근잘근 씹고 있을 아버지를 비롯한 다른 사람들을 생각하면 괜히 긁어 부스럼을 만들 필요는 없었다.

"그런데… 어떻게 들어온 거야?"

"응?"

내가 지금 이 상황에 대해 심도 있는 고민을 하는 사이, 개미한 마리 지나다니지 않는 황무지를 꼼꼼히 돌아본 나여주가 의문스럽다는 듯 찌푸린 눈으로 물어봤다.

"어떻게 들어왔냐니? 그냥 문 열렸길래 들어왔지."

"흐으응~ 그래? 분명 이벤트 내용에는 저녁 때 열린다고 했는데."

흠칫!

당연한 소리를 뭘 묻냐는 듯 태연히 대답한 나를 향해 눈을 빛내는 나여주의 눈빛은 그야말로 먹이를 노리는 야수의 눈빛을 하고 있었다.

'마계에 들어오는 데 조건이 있을 줄은… 설마 이걸로 나랑 게임사랑 뭔가 커넥션이 있다고 생각하기라도 한다면……'

가능성은 낮지만 그녀의 머리가 좋은 편이라는 것을 생각하면 생각 못할 것도 아니었다. 나는 저도 모르게 나여주의 시선을 피하고야 말았다.

이런 내 모습에 다시 한 번 눈을 빛낸 나여주가 입을 열려던 그 찰나, 엠페러가 나섰다.

"인간, 인간이 쓰러졌을 때, 주인이랑 내가 열심히 구해줬다! 감사 인사부터 하는 게 어떤가?"

"흐음… 그래?"

"그렇다! 주인이 움하움하도 하고, 푹푹 누르기도 하고… 그리고 흑마법사가 와서 인간을 살리려면 마계로 가라고 했다. 그래서 그랬다!"

"…흐으음."

과연 저 말을 이해는 한 것일까?

사건의 당사자인 내가 들어도 쉽사리 이해가 가지 않을 정도로 많이 함축적이고, 엠페러만의 구성을 가진 그 말은 나여주에게도 많은 의문을 남겼음이 분명했지만, 잠시 고민하던 그녀는 의외로 금세 표정을 풀고 귀엽다는 듯 엠페러를 격하게 쓰다듬었다.

"어유~ 그랬쪄요? 어구구구~ 우리 펭돌이 잘했어!"

쓰윽쓰윽!

"나는 펭돌이가 아니라……!"

"어이구! 어이구, 잘한다!"

차마 머리를 쓰다듬는 나여주의 손을 쳐내지는 못하고 펭돌이라 불린 것에 대한 최대한의 항변의 표시로 날개를 파닥거리는 엠페러였지만, 그것은 귀여움을 더욱 어필하는 것밖에는 되지 않았다.

어쨌거나 이 상황이 어떻게든 무마되었음을 느낀 나는 나여주의 시선을 피해 한숨을 내쉬다, 문득 떠오른 것이 있어 엠페러에게 물었다.

"응? 그리고 보니 아까 비명은 왜 지른 거야?"

흠칫!

내 물음에 슬쩍 몸을 떤 엠페러는 마치 방금 내가 나여주에게 그랬던 것처럼 시선을 피하며 나여주의 가슴팍으로 머리를 묻었다. 나는 더 이상 엠페러의 표정을 제대로 볼 수 없었다.

하나 이 사회 경험이 모자란 펭귄의 음흉한 시선이 슬쩍 나여주의 가슴께로 가는 것은 볼 수 있었다.

'…이 자식 뭘 한 거야?'

나는 게슴츠레한 눈으로 엠페러를 쏘아보았지만, 그러거나 말거나 다시 나여주의 가슴팍에 머리를 묻는 엠페러는 더 이상 대답이 없었다.

"막내야, 준비해라."

"옛!"

커다란 배낭을 짊어진 하얀 갑옷의 소년이 그와 마찬가지로 하얀, 하지만 더 화려한 장식의 갑옷을 입은 사내를 향해 기합 든 목소리로 대답했다.

"후후… 마계란 말이지?"

"꽤나 뜬금없긴 하지만… 그간 이 게임은 비정상적으로 이벤트 같은 게 없었으니까 말이지……."

화려한 장식의 갑옷 사내가 중얼거리자, 하얀 로브의 남자가 말을 받았다. 그는 주변을 가득 메운 하얀색 일색의 길드원들을 둘러보며 만족스러운 웃음을 지었다.

"뭐가 됐든 이 이벤트의 마지막을 장식하는 건 우리가 될 테지."

"후후, 그렇겠지."

모든 것이 비밀로 휩싸인 리버스 라이프에서 벌어진 일 치고 수상쩍게 굉장히 많은 양의 정보가 풀린 이벤트였지만, 정작 가장 중요한 보상의 내용이나 이벤트 진행 과정 같은 것은 아직까지 전혀 밝혀지지 않은 상태였다. 하지만 그럼에도 불구하고 이들 하얀 갑옷과 로브의 사내는 자신감이 넘쳐 보였고, 그 둘을 바라보는 다른 길드원들의 눈에도 당당함과 신뢰가 깃들어 있었다.

"아, 그러고 보니 아르덴이랑 순백이네는?"

문득 기억났다는 듯 갑옷 사내가 묻자, 잠시 뒤 마계의 문이 열리기로 약속된 산의 정상을 쳐다보고 있던 로브 남자가 말했다.

"걔들이 있는 곳도 대륙 끝단이잖아. 이쪽으로 오는 데는 아무래도 시간이 걸릴 거 같다고, 그쪽에 열리는 입구를 통해 들어와서 합류하기로 했어."

"하, 그거는 너무 안일한 거 아니야? 마계가 어떻게 구성되어 있는지도 모르잖아?"

"후후, 하지만 상대는 자그마치 월광의 암살자와 순백의 기사라고. 최강의 칼이 두 자루나 되는데 그 정도도 못할 거라고 생각하냐?"

"뭐, 그야 그렇지만."

이곳 리버스 라이프에서 대인 공격력으로 최상위에 꼽히는 두 사람의 별명을 아무렇지 않게 거론하는 두 명. 둘의 어깨와 가슴 부분에는 유달리 빛을 발하는 문장이 금색으로 새겨져 있었다.

그리고 곁에서 이 둘의 대화를 엿듣고 있던, 조금 전 막내라 불린 소년, 소성진의 눈 역시 반짝이며 빛났다.

'그래… 이들과 함께 있는 한… 나는 무적이야! 여기에 오느라 많은 지출이 있긴 했지만… 역시 그만한 가치가 있어!'

불과 수 미터 앞에 나란히 선 '백광의 전사'와 '백염의 마도사'의 든든한 모습에 저도 모르게 주먹을 불끈 쥔 소성진은, 다시금 이들 바이저스 길드의 최정예 요원들과 각자의 직업에 있어 최강이라 손꼽힌다는 두 명의 길드 수뇌부를 보면서 남몰래 음침한 미소를 흘렸다.

'그래… 이 정도라면……!'

웃음 짓는 소성진의 얼굴에 작은 악귀가 깃들었다.

"흠……."

"왜 그래?"

"뭐야? 뭐가 있어?"

"주인, 뭔가?"

작은 소리 하나에 반응하는 다양한 목소리를 들으며 나는 엘프와 펭귄으로 이루어진 탑 위에서 다시금 작게 침음성을 흘렸다.

"흐으음……."

"뭐야? 무슨 일인데?"

"뭐가 보이는 거야?"

"주인! 나도 올라갈래!"

내 작은 소리에 반응하는 모습들이 꽤나 재밌긴 했지만 이 이상 기다리게 했다간 조만간 반대로 내가 가장 밑에 끌려 내려갈 판이다. 재빨리 시선을 돌린 나는, 이 생체 탑 위에서 확인한 것에 대해 말해줬다.

"일단 북, 동, 서쪽 방향으로는 확실히 아무것도 없어. 그나마 남쪽 방향에 어렴풋이 뭔가 보이긴 하는데… 무언가 뿌연 아지랑이 같은 게 시야를 방해해서 자세히 알 수가 없어."

"내가! 내가 올라갈래!"

휘청휘청!

자신 있게 손을 흔드는 벨라의 움직임에 생체 탑에 잠시 위기가 찾아왔다. 하지만 이내 잽싸게 생체 탑을 타고 오르는 한 여자 덕분에 벨라의 움직임은 곧 멎었다.

사사사삭!

마치 바퀴벌레를 연상케하는 재빠르고 역동적인 움직임으로 3층 생체 탑을 기어오른 나여주는 위태롭게 휘청거리는 와중에도 내 머리에 정확히 엉덩이를 안착시키며 내가 말한 방향으로 시선을 뒀다.

"어머! 진짜네?"

"야! 방금 전엔 치마 입어서 안 된다면서!"

사실 이 생체 탑은 맨 처음부터 이런 구조로 구성될 예정이었지만, 드레스 차림인 나여주가 극구 위에 올라가기를 거부한 탓에 어쩔 수 없이 내가 최정상에서 주변을 탐색하던 중이다.

물론 단순 탐색이라면 뛰어난 눈을 지닌 벨라가 맨 위에 올라서는 게 맞지만, 지금은 이벤트 상황이니만큼 유저만 알아볼 수 있는 무언가가 있을 거라는 생각에 내가 가장 위로 올라온 것이다. 그런데 막상 무언가를 찾아내니 이제 와 구경하러 올라오다니…….

"이봐, 여자 인간! 치사하잖아! 빨리 우리 제로한테서 안 떨어져?"

"맞다! 치사하다! 주인 머리에만 앉아주다니!"

"……."

뭔가 화내는 포인트가 미묘하게 어긋나 있는데?

어쨌거나 파티원 전부가 나여주의 얌체 짓에 반대하는 상황이 되자, 나여주는 곧 생체 탑에서 내려올 수밖에 없었다.

물론 빈정거림을 빼놓진 않았다.

"후훗, 그러게 누가 무식하게 밑에서 그러고 있으래?"

폴짝!

그렇게 말하며 여유롭게 바닥에 착지하는 나여주의 모습은 한 대 쥐어박고 싶을 정도로 얄미웠다. 하지만 극한의 인내로 이를 참아낸 나는 그녀를 이해하기로 했다.

'원래 고생은 남이 하고 좋은 건 자기가 먹는 게 당연한 여자다……. 겨우 이런 일에 흥분해서는 안 돼.'

나는 나여주와 자신의 차이를 명확하게 인지하고 있는 만큼 그 차이에서 오는 의식의 간격과 태도의 다름 역시 확실히 알고 있었다.

하나 사정을 모르는 나머지는 그런 그녀의 행동을 참지 못했다.

"이 얌체 마법사가! 우리 제로한테 꼬리치지 말라고!"

"맞다! 꼬리는 나한테만 쳐라!"

"⋯⋯."

여전히 뭔가 좀 이상한 것 같긴 하지만, 어쨌거나 벨라와 엠페러는 나여주에게 반감을 품으며 꽥꽥대기 시작했고, 우리의 철없는 아가씨는 불난 집에 가연성 물질 뿌리기를 주저하지 않았다.

"싫은데? 내 마음인데?"

"뭐어어?"

"네 마음만 있냐? 내 마음도 있어!"

"흥! 니 마음이 있어? 증거 보여봐! 보여보라고!"

옥신각신! 아웅다웅!

그들의 어처구니없는 유치한 말다툼을 가만히 감상하던 나는 곧 이 다툼이 오래갈 것임을 직감하고 이들을 말릴 생각을 포기했다. 분위기상 저 다툼이 오랫동안, 그리고 여러 번 반복될 것으로 추정되는 만큼 괜히 끼어들었다가는 피곤해지는 것은 내가 될 것이다.

'뭐 저러다 말겠지, 싸우다가 정든다고도 하니까⋯⋯.'

엠페러야 논외로 치더라도 벨라와 나여주는 첫 만남부터 줄

곧 티격태격해 왔다. 그래도 그때는 서로의 위치도 불분명했기에 거의 눈만 마주치면 싸웠는데, 근래에는 '친구'라고 선포한 나에 의해 같이 던전에 들어온 일행이 되면서 싸움의 빈도가 급격하게 줄어들었다.

물론 나여주 쪽이 갱생을 했다기보다는 일방적으로 벨라가 저 철없는 아가씨에 대해 많이 참아주고 있는 것으로 보이긴 하지만⋯⋯.

'이젠 일상적인 일이니까.'

이미 둘의 이러한 기싸움은 어느새 나에게 있어 평범한 일로 자리 잡은 지 오래였기에 멍하니 바라볼 뿐이었다. 어차피 이제 와 말린다고 한들 크게 의미도 없을뿐더러 말릴 자신도 없다는 게 그 이유였다. 사실 방패랑 마법으로 치고받는 것도 아니고 말싸움이니, 결국 또 저러다 말 것이다.

뭐, 이미 일상적인 모습에 새삼스럽게 반응하는 게 더 이상한 거다.

그렇게 속 편한 생각을 하며 나는 여전히 옥신각신하는 세 일행에게 나직한 목소리로 말했다.

"나 먼저 간다."

그러곤 이 이상의 대화는 필요 없다는 듯, 미련 없이 돌아서며 조금 전 수상한 아지랑이가 보였던 남쪽으로 걸음을 옮겼다. 그러자 곧이어 뒤에서 큰 소란이 일었다.

"야! 너 혼자 어디 가!"

"앗! 제로! 같이 가!"

"주인! 일단 역소환하고 도착하면 소환해 줘라!"

우르르르—

마치 어미 오리를 따라 움직이는 새끼 오리들마냥 하고 있던 말다툼을 멈추고 금세 졸졸졸 내 뒤를 따르는 그들의 기척을 느끼며, 나는 일부러 뒤를 돌아보지 않은 채 가던 방향으로 나아갔다.

괜히 돌아서거나 멈춰서면 또 싸울 게 분명했다.

'그래도 뭐… 애들 싸움이야말로 칼로 물 베기지.'

아이들의 싸움이란 어차피 싸워도 금방 화해하기 마련이었다.

또한 싸우면서 더 친해지기 마련이다.

내 기준에서 정신적으로 아직 너무나 미성숙한 나여주나 이제 막 세상에 나온 벨라나 어린애로 보이긴 마찬가지였기에 한 생각이었다. 그렇게 나는 안일하게도 어린애들의 친화력을 믿는 우를 범하고야 말았다.

그것이 훗날 얼마나 큰 후회로 돌아오게 되는지, 그때의 나로서는 모를 일이었다.

'다 잘될 거야.'

좋은 생각만을 하며, 음울한 하늘과 뿌연 먼지를 배경으로 황무지를 걷는 우리의 뒤편으로 어째선지 새카만 그림자가 길게 늘어졌다.

◈   ◈   ◈

"부장님."

"왜."

"근데 꼬맹이 괜찮겠습니까?"

"왜."

"걔들… 이벤트 시간에 들어간 게 아니라서 신의 축복 버프도 없는 상태라 맨몸으로 버텨야 하잖아요? 거기 깔리고 깔린 게 300, 400레벨대 몬스터인데…….."

"왜?"

"아니, 부장님이 집어넣어 놓고 왜냐고 하시면…….."

당혹스럽다는 듯 말을 줄이는 부하 직원은 대로가 회사에 입사한 뒤부터 꾸준히 대로를 챙기던 직원이었다. 그런 그의 질문의 저의를 해석하는 듯, 물끄러미 그 모습을 쳐다보던 박중혁 부장은 이내 입을 움직여 말하기 시작했다.

"흥, 내가 그 정도도 모르고 보냈을까 봐?"

"네? 그럼 알고 보내셨다고요? 하지만… 어쨌거나 이벤트 발동 명목으로 게임 내 움직임을 제한한 건데… 물론 그렇게까지

한 원인 제공을 했다곤 하지만 이번 일로 게임 내 역사의 흐름을 멈춘 덕에 심해왕 신전 외에 문제가 되던 곳들도 모두 해결이 될 상황이잖아요? 시작은 안 좋았지만 결과적으로 도움이 된 것이니 그런 걸 감안하면 아무래도 좀 너무한 게…….”

박중혁 부장의 시큰둥한 말에 회사에 있는 내내 대로를 예뻐하던 직원이 재빨리 대로를 옹호했지만, 박중혁 부장은 단호했다.

“말했지? 내가 그 정도도 모를 거 같냐고. 분명 녀석 덕분에 일이 좀 꼬였지만 어쨌든 잘 해결되서 오히려 유저들의 급속 성장으로 인한 문제가 진정된 것은 지시하는 내가 더 잘 안다고.”

“그렇다면 왜……?”

박중혁 부장은 상벌이 확실하다. 사실 비록 이번 일이 대로에 의해 벌어진 일이라고 하더라도 애당초 게임 시스템상 문제가 없는 플레이의 결과였다. 뿐만 아니라 그의 말 그대로 덕분에라고 하긴 뭐하지만, 결과적으로 긴 시간을 벌어 다른 곳에서 벌어지던 여러 문제들까지도 해결할 수 있게 된 상황이었다.

비록 대로가 벌인 일로 일어난 문제가 그리 작은 일은 아니었지만, 그로 인한 반사이익이 상당한 만큼 지금의 대로에게는 벌보다는 오히려 보상이 돌아가야 했다.

아니, 설령 보상까진 아니더라도 이벤트에 있어 손해를 보는 일은 없어야만 한다.

만일 이대로 마계에서 곤란한 일을 겪는다면 그것은 명백히 불공정한 처사였다.

"너, 이게 뭔지 알아?"

박중혁 부장은 자신이 보던 모니터의 화면을 말을 건 직원의 화면 쪽으로 붙여 넣으며 말했다.

"이건… 뭐죠?"

화면에 보이는 것은 밝은 빛을 뿜어내는 막대기와 그것을 신전 바닥 틈새에 우겨넣는 펭귄, 그리고 그것을 등으로 가리고 선 대로의 모습이 나와 있었다.

이 모습을 보고 무슨 일인지 파악하지 못하는 부하 직원을 한심하다는 듯 쳐다보던 박중혁 부장은 이내 화면을 조작해 엠페러가 막대기를 들고 있던 장면을 띄웠다. 그러고는 막대기를 홀로그램화 시켜 특수하게 설비된 장치로 옮겨 왔다.

아래에서부터 빛을 쏘아 올리는 홀로그램 장치가 현실에 마술 봉을 구현하자, 지금껏 화면에서는 잘 보이지 않던 것이 눈에 들어왔다.

"미스터……. 설마 이거?"

마술 봉의 동그란 바닥 부분에 깨알 같이 써 있는 누군가의 이름을 읽던 직원의 두 눈이 화등잔만 하게 커졌다.

"그래… 그거다. 내가 발견하고도 눈을 의심했지."

"그, 그런……. 저거 아직도 저기에 있는 겁니까?"

"펭귄이 마계로 들어가고 얼마 지나지 않아 얼마 안 가 사라지더군, 아마 귀속된 걸 테지."

"하필 펭귄이 저런 걸 얻게 되다니……."

잔뜩 찌푸린 얼굴로 홀로그램화 되어 있는 마술 봉을 요리조리 살펴보는 부하 직원이었지만 오히려 박중혁 부장은 태평한 분위기였다.

"어쨌든 저게 있는 이상 마계에서 박대당하지는 않을 테니까, 녀석이 마계에서 크게 곤란에 빠지지는 않을 거야."

"그야 그렇지만… 지금 나오면 곤란한 물건 아닙니까?"

"뭐, 곤란하긴 하지만… 어쨌든 유저한테 귀속된 것도 아니고. 설마 마술 봉 따위에 관심을 갖는 녀석이 있을 줄은 몰랐으니… 안일하게 관리한 우리 쪽 책임도 있어. 그러니 어쩔 수 없겠지."

"그렇겠죠……."

그야말로 어쩔 수 없다는 듯 고개를 젓던 박중혁 부장은 이내 마술 봉을 뚫어져라 관찰하는 부하 직원을 보며 귀찮다는 듯이 말했다.

"이제 알았으면 일해."

"아, 예……."

하늘 같은 부장님의 말에 적당히 수긍하며 고개를 돌리던 그는 문득 그 부장님의 화면에 떠오른 무언가에 다시 고개를 돌릴 수밖에 없었다.

"…부장님."

"왜,"

"혹시 그거… 오늘 저희 야식입니까?"

화면을 가리키는 직원의 바들바들 떨리는 손가락이 거슬린다는 듯 손을 들어 그 버릇없는 손을 쳐낸 박중혁 부장은 그의 물음에 간단히 대답해 줬다.

"아니."

"그럼 왜……."

"…너 일 안 하냐?"

"예? 아, 해야죠! 일 해야죠!"

눈치 없이 계속 질문을 해대던 부하 직원은 문득 자신을 향한 부장님의 눈초리가 싸늘하다는 것을 깨닫고 재빨리 자리를 벗어났다.

그렇게 다시 조용한 시간을 갖게 된 박중혁 부장의 손놀림이 빨라졌다.

[핵 치킨! — 한강 맛!

한입만 먹으면 오늘의 한강 수온을 확인하게 된다는 그 맛!

*식사용 구매 엄금! 장난용으로만 구매하세요!]

— 대로파파 : 우리 애가 매운 걸 너무 좋아해서~ 혹시 ~~~~
에서 주문하면 더더더! 맵게 해서 가져다주세요 ^ ^

친절하게도 집 근처 해당 브랜드 지점 고객 소원 게시판에 대로의 집 주소를 포함한 글을 남기는 것을 끝으로 제품의 상세 설정을 정한 그는 마지막으로 온라인 결제 창의 가장 구석진 곳, 신규 기능이 있음을 알리는 곳으로 마우스 포인트를 가져갔다.

[깜짝 기프티콘 구매 — 해당 제품을 선물 시 친구, 애인, 친지, 가족 간에 생길 수 있는 불화에 관해 본사는 절대 책임지지 않습니다.]

전 국민이 사용하는 코코아톡 메신저의 최신 기능인 깜짝 기프티콘은 기프티콘에 써 있는 제품과 실제 결제되는 제품이 다른 기프티콘으로, 받은 상대가 상품을 인계받고 포장을 열어보는 순간까지 내용물을 알 수 없도록 하는 특이한 서비스였다. 이는 본래 특별한 선물이나 연인 간의 깜짝 고백 등을 노리고 만들어졌지만, 어째선지 다른 것을 노리는 이들에게 인기가 많아져선 최근 많은 이들에게 각광받기 시작한 기능이었다. 또한 나이에 비해 의외로 '최신' 문명과는 크게 담을 쌓고 사는 대로는 잘 모르는 기능이기도 했다.

어쨌거나 그런 특이한 기능 탓인지 분명 선물을 구매하고 있음에도 그에 어울리지 않는 경고 문구가 화면을 가득 채우고 있었다. 그러나 결제를 하는 박중혁 부장의 손에는 거침이 없었다.

'후후… 치킨을 보낸다고 했지, 니가 좋아하는 걸 보낸다고 하진 않았단다.'

딸각!

씨익!

결제 완료를 표시하는 모니터 위로 박중혁 부장의 새하얀 이가 빛을 발했다.

Chapter 2

마계의 펭귄들

"…어, 어째 좀 추워진 거 같은데?"

"응? 그런가?"

언제부터였을까, 한참 동안 티격태격하며 실랑이를 벌이던 벨라와 나여주가 조용해진 것에 만족하며 남쪽을 향해 걸음을 옮기던 나는 문득 뒤에서 들려온 떨리는 목소리에 힐끗 그녀를 돌아봤다.

달달달달—

"조, 조금 추워진 거 같네……. 그, 그치?"

파랗게 변한 입술로 코에는 기다란 콧물을 매단 모습으로 의연한 척 나에게 동의를 구하는 나여주는 '조금 춥다' 라고 하기엔 설득력이 부족한 모습이었다. 그래도 어떻게든 자존심을 지키려는 필사적인 모습에 나는 순순히 고개를 끄덕여 줬다.

"음… 확실히 좀 추워진 거 같네."

"그, 그치?"

추워진 기온에 비해 여전히 걷고 있는 곳은 황무지인지라 크게 눈에 띄는 특징은 없었지만, 아까부터 밟고 있는 땅이 유달리 단단하다거나 군데군데 바위 따위에 내려앉은 서리가 이곳의 온도가 우리가 온 곳과는 확연히 다름을 알려주고 있었다.

'서리가 낄 정도면… 꽤나 춥겠네.'

살펴보면 이렇게 눈에 띄는 특징들이 있었지만, 사실 나는 나여주가 말하고 나서야 이곳의 상태를 알 수가 있었다.

'불새의 축복이라… 미묘하구만.'

우연치 않게 얻게 된 불새의 축복이라는 버프는 자연적인 추위나 더위를 느끼지 않게 하는 아주 특이한 능력의 버프였다. 추위나 더위에 의한 상태 이상이나 캐릭터의 행동 제한을 막아주는 기능이지만, 경우에 따라서는 이렇게 방해가 되는 경우도 있었다.

'너무 자연스러워서 주변 환경 변화를 감지하지 못했을 정도니까 말이지.'

물론 나 혼자라면야 아무런 상관이 없겠지만, 나에게는 일행이 딸려 있는 만큼 주변 환경 변화에 주의를 기울일 필요가 있었다. 혹여나 밟기만 해도 얼어붙어 버리는 얼음 대지 같은 곳에 멋모르고 들어갔다가 엠페러 등이 얼음 석상이 되버릴 수도 있는 노릇이었다.

'아, 엠페러는 펭귄이니 그렇지는 않으려나?'

생각해 보면 세계에서 가장 추운 남극에 산다는 펭귄이다. 나름 왕이라는 칭호까지 달고 있는 녀석이 얼어죽는다는 것은 어쩐지 안 어울리지 싶었다.

'그나저나 어떻게 한다?'

힐끗.

달달달달—

슬쩍 뒤로 시선을 돌리니 몸을 달달 떨면서도 여전히 의젓한 발걸음으로 나를 따라오는 나여주가 눈에 들어왔다. 고민하지 않을 수 없었다.

나야 추위에 피해를 입지 않으니 가장 논외로 치고, 벨라도 자연의 힘에 친숙한 엘프인데다 아마도 입고 있는 로브가 어느 정도 보온 역할을 해주는 것인지 아무렇지도 않은 모습이었다. 펭귄인 엠페러는 추운 지역에 들어오자 오히려 힘이 나는 듯 이젠 나여주와 벨라의 싸움에 끼지도 않고 오히려 앞장서서 걸으며 까불거리고 있었다.

"주인! 주인! 이 돌 좀 봐라! 물고기처럼 생겼다, 주인!"

"그래, 그래."

어디서 주워왔는지 정말로 물고기를 닮은 돌멩이를 가져와 자랑하는 엠페러에게 적당히 고개를 끄덕여 준 나는 엠페러가 뿌듯한 표정으로 그것을 가슴팍에 밀어넣는 것을 보다가 고개를 돌려 나여주를 봤다.

'슬슬 위험하려나?'

파랗다 못해 보라색으로 변한 입술과 창백해진 얼굴, 거기에 검게 물든 눈 밑까지……. 아직까지 게임상에서 추위가 주는 고통을 겪어본 적 없는 나로서는 저게 얼마나 위험한 것인지 알 수 없었지만, 당장 눈에 보이는 것만으로도 그녀가 한계에 도달했음을 알 수 있었다.

'어쩔 수 없지.'

훌렁!

나는 여지껏 입고 있던 로브를 벗어서 나여주에게 건넸다.

"자, 입어."

"…괜찮아."

자존심 때문인지, 내가 옷을 건네는데도 고개를 저으며 여태 추위에 떨며 숙이고 있던 몸을 오히려 드러내 보이는 나여주였다. 하지만 찬바람이 불자 움찔 몸을 웅크리는 모습은 말 없이도 그녀의 상태를 알 수 있게 해줬다.

'어차피 그냥 줘서는 안 입을테지.'

이런 와중에도 로브를 받을 생각을 않는 모습을 보건대 적당한 핑계가 있지 않고서는 정말 얼어죽더라도 입지 않을 듯싶다.

"넌 마법사잖아. 파티에서 마법사가 중요한 전력인 건 알고 있지?"

"…그거야 당연하지."

일생을 남들에게 떠받들어지는 중요한 인물로밖엔 살아오지 않은 그녀다. 그런 그녀에게 있어 공수 양면에서 중요한 역할을 맡는 마법사란 존재는 꽤 어울리는, 어찌 보면 당연히 선택할 그런 역할이었다.

"그런데 아무리 봐도 이 위험한 마계에서는 살아남기 힘들 것 같거든."

"뭐야? 내가 약하다는 거야, 지금?"

자존심이 상한 듯, 눈에 불을 켜고 달려드는 나여주를 보며 나는 능청스럽게 손을 저으며 물러섰다.

"아, 그야 넌 강하지! 누가 네가 약하다고 했어? 자그마치 골 든 메이지잖아. 마법 공격력만 따지면 우리중에 가장 강할걸?"

'물론 공격 마법을 사용하는 게 너밖에 없지만.'

굳이 따지자면 엠페러 역시 레벨이 오르면서 하급 마법 몇 가 지를 사용할 수 있게 되긴 했지만, 애당초 마법보다 마술을 더 많이 쓰는 엠페러였다. 게다가 엠페러의 마법을 기대하느니 내 가 엠페러를 들고 휘두르는 게 훨씬 센 만큼, 그 부분에 있어서 는 논외라고 쳐도 좋았다.

"…그럼 방금 전엔 무슨 의미야?"

"그냥 말 그대로야. 너는 마법사잖아? 중요한 역할이긴 하지만 컨셉상 다른 직업들에게 최우선적으로 보호되어야 할 만큼 자체 방어력이 낮다는 말이지. 물론 평소에 너랑 함께 다니던 보디가드 아저씨들이 있다면 상관이 없겠지만……."

그렇게 말하며 말끝을 흐린 나는 슬쩍 벨라와 엠페러 등의 눈치를 살피며 말했다.

"사실 우리는 마법사와 함께 움직이는 게 처음이란 말이지. 평소 싸움 방식은 그냥 단순히 '돌격, 앞으로' 야. 그런데 그런 우리가 마법사를 잘 지켜낼 수 있겠어? 우리 실력으로는 마계에서 그냥 싸우는 것만으로도 벅찰지 몰라. 그렇다면 아무래도 지켜주는 건 힘들 거라고 생각해. 그러니 일단 네 자체 방어력을 올려서 우리가 마법사를 포함한 싸움에 익숙해질 때까지 생존력을 올려두는 게 좋을 것 같다, 이 말이지."

나여주를 어르고 달래고자 최대한 우리를 낮춰서 말하긴 했지만, 실제로도 우리의 파티 전술은 지극히 단순했다.

방패를 든 벨라가 방패로 막고, 무기의 리치가 긴 내가 엠페러로 공격을 하는 정도가 우리의 전술이라면 전술이었다. 심지어 대개 방패를 든 벨라 선에서 정리가 되는데다, 나 역시 엠페러가 있으면 몬스터가 날 공격하는 것보다 몬스터의 멱을 따는 속도가 더 빠를 정도였으니… 애당초 전술이라는 개념을 가지고 싸워본 적이 별로 없다.

그나마 가장 최근에 전술적으로 싸워본 경험이라고 한다면 아르덴 남매와 묘지로 사냥을 갔을 때 정도?

하지만 그때의 나는 소환사로 오해받고 있던 탓에 제대로 전투에 참여하지도 않았고, 엠페러도 제대로 싸우지 않았으니 실상 전술 전투랄 것도 아니었다.

그러나 나의 말은 한 치의 거짓도 없는 바, 마법사를 보호하는 싸움을 해본 적이 없으니 위험할 것이라는 것은 그리 틀린말도 아니었다.

물론……

'벨라가 방패를 들고 있는 이상, 마법사가 아니라 등 뒤에 마법사 할아버지를 보호한다고 해도 어지간해선 위험할 일은 없겠지만……'

힐끗—

반짝!

스치듯 본 벨라의 방패가 오늘따라 유달리 믿음직스러운 광택을 뿜냈다.

"…그러니 로브를 입으라?"

"그래."

"그래봤자 로브 아니야?"

우리의 실력을 한껏 낮추고 나여주 본인을 파티의 중요 인물로 부각시킨 효과인 것일까? 두터운 로브를 보는 나여주의 눈동자가 흔들렸다.

"뭐, 그렇긴 하지만 이래 봬도 가죽 재질이라 방어력이 꽤 붙어 있으니까… 어쨌든 착용하지 않은 것보다는 낫지 않겠어?"

"그, 그야 그렇겠지."

더듬더듬 대꾸하며 슬쩍 로브로 손을 뻗는 나여주를 보며 나는 속으로 웃어 보였다.

씨익―

'역시 어린애들은 자기 편만 들어주면 다 믿기 마련이라니까.'

굳이 따지자면 나이는 이중에서 나와 나여주가 가장 어리지만… 그래도 내가 여기 모인 이들 중엔 가장 정신적으로 성숙했다고 자부했다.

'응? 아닌가? 벨라랑 엠페러가 시스템상으로 연장자긴 하지만… 실제로 AI 자체는 나온 지 얼마 안 된 거니까… 아직 갓난아기 정도인 건가? 아니… 그래도 이 세상 속에서 이미 수백 년치 기억을 지니고 있는 거니까 역시 연상인 걸까……?'

그렇게 내가 나 스스로에게 심도 있는 질문 아닌 개소리를 하는 사이, 마음의 결심을 한 나여주가 힘찬 목소리로 외치며 주춤거리던 손을 크게 뻗었다.

"흐, 흥! 결코 내가 원해서가 아니라… 약한 너희들을 배려하는 거라고!"

쭈욱—!

그렇게 말하며 로브의 위로 쭉, 손을 뻗어 나가던 나여주의 손은 로브에 닿기 직전 날아온 또 다른 손에 의해 원하는 바를 이루지 못했다.

"어딜!"

찰싹!

"아얏!"

"엑? 갑자기 왜 그래?"

나는 다 잡은 물고기가 멀찍이 달아나는 꼴을 보며 방금 나여주의 손을 쳐낸 또 다른 손의 주인, 벨라를 보았다.

"흥! 추워서 벌벌 떠는 주제에! 제로한테 옷 벗어달라고 하려는 수작인 줄 내가 모를까 봐? 이 여우 같은 인간이!"

"뭐, 뭐얏? 내가 왜 저딴 녀석한테 수작을 부린다는 건데? 그리고 이건 다 너희가 약해서라고! 특별히 너희를 위해 내가 저런 지저분한 로브를 입어주겠다는 거잖아!"

"지, 지저분……."

나는 내 손에 들린 검은 로브 위로 묻은 황무지의 흙먼지를 슬쩍 내려다보며 조금 의기소침한 모습으로 그 둘을 진정시켰다.

"자자, 다들 너무 흥분한 것 같은데……."

"뭐? 지저분?"

내가 벗어준 로브가 지저분하다는 말에 화가 난 것인지, 벨라가 눈에 불을 켜고 당장이라도 코가 닿을 듯 나여주의 얼굴 위로 자신의 얼굴을 들이밀며 화난 목소리로 말했다.

"물론 우리 제로 옷이 더럽긴 해! 단 한 번도 옷을 벗어서 빠는 것도 못 봤고! 마을에선 새 옷들을 옷장에 가득 넣어놔도 맨날 걸레짝이 될 때까지 하나만 입다가 못 입을 정도가 되고서야 새 옷을 입었으니까! 그러니까 지저분한 건 맞긴 한데!"

"자, 잠깐……! 그건 다 아이템 내구도가……!"

"뭐어어엇? 그렇게 더러운 걸 나한테 입히려고 했단 말이야?"

벨라의 말에 경악을 금치 못한 나여주가 순식간에 나로부터 서너 걸음 물러섰다. 그 탓인지, 아니면 처음부터 내 말을 들을 생각이 없던 것인지는 알 수 없지만 어쨌든 내 해명은 그녀에게 들리지 않은 듯했다. 나를 보는 나여주의 두 눈에는 무언가 보아서는 안될 만한 것을 본 듯한 경악이 깃들어 있었다.

"그러니까, 잠깐… 내 말을……."

"하지만 말이야! 제로는 처음 우리 마을에 왔을 땐 몸에 온통 줄로 묶은 자국에 팬티만 입고 있었는데도 몸은 전혀 더럽지 않았다고! 발바닥이랑 손바닥은 먼지 투성이에 진흙도 잔뜩 묻어 있었지만, 의외로 몸은 별로 안 더러웠다고! 그게 무슨 말이겠어? 손이랑 발은 엄청 더러워도 몸은 비교적 덜 더럽단 말이잖아! 그러니까 제로의 로브는 장갑이나 신발에 비해 훨씬 깨끗하단 거지! 그런데 그런 로브를 더럽다고 하다니! 당장 사과해!"

"아니… 잠깐만……."

주춤주춤.

벨라의 말을 들은 나여주는 내가 마을에 처음 나타났을 때의 복장에 대한 말이 나올 무렵부터 조금씩 멀어지기 시작하더니, 말이 끝난 지금은 더 이상 숨기지도 않는 혐오스러운 시선으로 나를 보고 있었다. 그리고 그녀와 함께 이 새로운 사실을 접한 엠페러의 경우엔 내가 팬티만 입고 마을에 들어왔다는 대목에서 어쩐지 존경스러운 눈빛으로 나를 부담스럽게 쳐다보기 시작했다.

'야, 인마! 그러는 넌 맨날 다 벗고 다니잖아! 어째서 니가 나를 존경스럽다는 듯이 보는 거냐!'

한껏 억울함을 담은 눈으로 나여주와 엠페러를 쳐다보는 사이, 이 상황의 원흉이 된 벨라는 오히려 나를 쳐다보며 '나 잘했지?' 하는 눈빛으로 코를 쓱, 문지르며 내 칭찬을 기다렸다. 그 뻔뻔한 모습에 나는 잠시 말을 잇지 못했다.

'이… 이이……!'

나여주는 멀찌감치, 엠페러는 점점 가까이, 벨라는 흐뭇한 표정으로 날 바라보는 상황……. 결국 나는 폭발하고 말았다.

"벨라! 무슨 소리를 하는 거야! 그런 말이나 할 거면 마을로 돌아가! 왜 갑자기 나서서 방해를 하는 거야!"

움찔!

부끄러움에 못 이긴, 내 성난 고함에 벨라가 멈칫 몸을 정지시키며, 놀란 눈으로 나를 쳐다보았다. 그에 나를 피해 움직이던 나여주도, 나를 올려다보며 다가오던 엠페러도… 잠시 자리에 멈춰 서며 침묵했다.

그리고 그 정적 속에서 잠시 생각할 시간을 가진 나는 퍼뜩 손을 들어 어느새 고개를 푹 숙이고 있는 벨라에게 말했다.

"아, 잠깐잠깐! 이 말은 취소! 내가 너무 심했어……."

"아니야, 제로… 내가… 내가 너무 미련했어……."

〔호감도가 대폭 하락합니다.〕

"…벨라?"

고개를 숙인 벨라로부터 나지막한 목소리가 흘러나오자, 나로선 처음 들어보는 시스템 메시지가 눈앞을 스쳐 지나갔다.

"사실 여태 별 도움도 안 됐는데……. 그런 주제에 너무 나섰지?"

〔호감도가 대폭 하락합니다.〕

"내가… 너무 주제넘게 나섰어……. 제로가 그녀를 일행에 받아들인 것도 모두 생각이 있었던 걸 텐데……. 내가… 내가 너무 욕심을 부렸나 봐……."

〔호감도가 대폭 하락합니다.〕

"내 자리를 뺏긴다는 기분에… 가디언으로서 실격이야. 제로를 생각하지 못했어…….""

〔호감도가 대폭 하락합니다.〕

'그건… 오해야!'

벨라의 말 한마디 한마디가 이어질 때마다 눈앞을 채워가는 시스템 메시지는 모든 게 오해라고 소리치고 싶은 나와 자신의 잘못을 고백하는 벨라 간에 두터운 벽을 쌓기 시작했다.

"숲에서 위험에 빠졌을 때도… 사막에서 괴물에게 잡혔을 때도… 모두 제로 덕분에 살아남을 수 있었는데……. 한 번도 고맙다고 말도 안 하고…….""

〔호감도가 대폭 하락합니다.〕

…….

눈앞을 가득 메우는 수십 개의 메시지 창.

모두 같은 문장의 반복이었지만 나는 그중 하나도 제대로 읽어낼 수가 없었다.

"내가 너무… 너무… 미안해…….""

"아니야… 아니야, 벨라. 그런 생각은 할 필요 없어……!"

스윽—

벨라를 위로할 생각으로 내뻗은 팔이 벨라의 어깨 부근에 닿으려는 순간, 벨라가 훌쩍 뒤로 물러났다.

그리고 조용히 말했다.

"이런 내가… 가디언을 해도 되는 걸까?"

"그럼…! 물론이지! 걱정 말고……!"

〔호감도가 최저 수치입니다.〕

〔주인과 가디언의 관계도가 최저 수치입니다.〕

〔최저 호감도의 가디언은 능력치가 제한됩니다.〕

〔가디언 '벨라'의 모든 능력치가 1/3로 고정됩니다.〕

〔가디언 '벨라'가 가디언을 그만두길 희망합니다. 가디언을 보내시겠습니까?〕

"무슨 소릴! 안 돼! 가긴 어딜 가!"

순식간에 눈앞에 가득 떠오른 시스템 메시지들 사이로 보이는 충격적인 문장에 재빨리 '아니오'를 선택한 나는 눈물이 가득한 벨라와 눈을 마주치며 단호히 외쳤다.

하지만…….

〔가디언 '벨라'가 가디언을 그만두길 희망합니다. 가디언을 보내시겠습니까?〕

"나는… 자격이 없어……. 제로가 말한 것처럼 숲으로 돌아가는 게 맞아."

"아니야! 그건… 그건 그냥 화가 나서……!"

〔가디언 '벨라' 가 가디언을 그만두길 희망합니다. 가디언을 보내시겠습니까?〕

"화가 나게 해서 미안해……. 도움이 안 돼서… 폐만 끼쳐서 미안해……."

"아니야! 그런 게 아니야!"

〔가디언 '벨라' 가 가디언을 그만두길 희망합니다. 가디언을 보내시겠습니까?〕

"미안해……. 끝까지 지켜주지 못해서……."

"벨라!"

"나한텐 이게 맞는 거 같아……."

〔가디언 '벨라' 가 가디언을 그만두길 희망합니다.〕

〔그녀가 스스로의 의지로 가디언을 그만두었습니다.〕

나와 벨라 사이에 나타난 두 개의 메시지 창.

그 메시지가 내 시야를 가리는 순간.

뚜욱―!

나와 벨라를 연결하던 그 무언가가 끊어지는 감각이 느껴졌다.

"…어?"

그 생소한 감각에 질끈 눈을 감았다가 뜰려는 찰나, 내 귓가에 벨라의 작별 인사가 들려왔다.

"미안해, 제로. 안녕."

작별을 고하는 인사라기엔 너무 삭막하고, 담백하고, 그리고 너무 짧은 듯한 말이 귀에 울려 퍼진 순간.

눈을 뜬 내 눈앞에 보이는 것은 황량한 대지 위에 곱게 개어진 순백의 하얀 로브뿐이었다.

"…벨라?"

바닥에 놓인 로브로 한 걸음 다가가자, 내 발걸음에 순백의 로브가 살짝 흔들리며 옷의 틈새를 비췄다. 그리고 그 안에 더 이상 체온을 가진 무언가가 없다는 것을 알려주었다.

사락.

집어든 로브가 길게 늘어지며 더 이상 그것을 입고 있는 이가 없다는 것을 다시 한 번 확인시켜 준 순간… 나는 자리에 풀썩 주저앉고야 말았다.

그러자 조금 떨어진 곳에서 나를 바라보던 두 명이 천천히 내게 다가와 말을 걸었다.

"…박대로?"

"…주인."

"잠시만… 잠시만 이렇게 있게 해줘."

로브를 손에 쥐고 자리에 주저앉은 나를 걱정스럽게 내려다보는 시선들을 느끼며… 나는 한참을 그 자리에 앉아 있었다.

차갑고 거친 바닥의 감촉을 느끼며 내 머릿속에는 무수한 상념이 스치고 지나갔다.

고작 NPC 하나라는 생각.

나의 모험을 처음부터 함께한 동료라는 생각.

언제고 다시 고용할 수 있는 가디언이라는 생각.

이제는 두 번 다시 구할 수 없는 가장 필요한 일행이라는 생각.

곁에 있는 것만으로 든든한 친구라는 생각.

너무도 절실하던 친구였다는 생각.

'…벨라.'

수많은 상념 속에서 나는 길을 찾지 못했고, 문득 가만히 앉은 내 몸 위로 옅게 서리가 끼기 시작했다는 것을 느낄 무렵. 고개를 든 내 눈에 들어온 것은 극구 사양하던 로브를 몸에 걸친 나여주와, 그 곁에서 긴장된 모습으로 주변을 노려보는 엠페러, 그리고……

"와, 인간이네?"

"인간이야!"

"여자다!"

"바보야! 인간 여자라고 해야지!"

웅성웅성.

웅성거리는 한 떼의 펭귄 무리였다.

"이게… 무슨……."

도대체 무슨 일인지 짐작조차 할 수 없는 상황에 내가 머릿속의 혼란조차 잠시 접어두고 당황해하는 사이, 펭귄 무리에서 다시 한 번 소란이 일었다.

"오신다!"

"이쪽이야!"

"와아! 왕이시다!"

시끌벅적!

뒤뚱뒤뚱, 펭귄 무리가 반으로 쪼개지듯 그들과 우리 사이에 한 줄의 기다란 길이 생겨났다.

그리고 그 길을 따라 붉은색의 망토와 금빛의 왕관, 그리고 물고기 모양의 돌이 보석처럼 박힌 홀을 든 메기수염을 가진 펭귄이 위풍당당하게…라기보다는 뒤뚱뒤뚱 걸어나왔다.

그리하여 마침내 '왕 펭귄'이 우리 앞에 선 순간, 왕 펭귄이 격정에 찬 어조로 말했다.

"돌아왔구나!"

"……?"

뜬금없는 말에 내가 반문하려는 찰나, 대답은 뒤에서 들려왔다.

"…아부지."

"엥? 아버지?"

내가 고개를 돌려 엠페러를 본 순간.

두 펭귄의 시선이 허공에서 마주쳤다.

"여기가… 펭귄 왕국?"

"이젠 왕국이라고 부르기도 민망한 수준이지."

온통 새하얗게 치장된 얼음의 궁전, 크리스탈을 박아 넣은 듯 반짝거림이 거리 곳곳에 가득한 이곳은 우중충하게만 보이던 마계의 이미지를 단숨에 바꿔 놓을 만큼 아름다운 곳이었다.

물론……

쿵!

"커헉!"

"어허, 조심 좀 할 것이지."

펭귄들을 기준으로 한 왕궁 사이즈와……

"으아아악! 너무 눈이 부시다!"

"해를 없애라!"

"밤에 다시 오자!"

'그렇게 눈이 부실 거 같으면 이렇게 만들면 안 돼지! 그리고

왕! 너만 썬글라스를 쓰면 다냐!'

자신들의 왕이 기거하는 궁전 앞에서 그 눈부신 반짝임과 마주하는 동시에 눈을 부여잡고 비명을 지르는 펭귄들의 모습은 왕국이라기엔 민망하다는 펭귄 왕의 말이 백번 공감가는 모습이었다.

뭐, 그런 의미에서 한 말은 아닐 테지만.

나는 궁전을 중심으로 쭉 펼쳐진 그들의 영토, 얼음의 대지 위로 그야말로 초라하기 짝이 없게 듬성듬성 들어선 몇몇 채의 집들을 보며 펭귄 왕이 말한 바를 깨달을 수 있었다.

그리고 이런 모습에 이상함을 느낀 것은 나뿐만이 아닌지, 이 왕국의 왕자… 엠페러가 펭귄 왕에게 물었다.

"아부지, 왕국이 어떻게 된 거냐?"

"떽! 누가 네 아비냐! 나는 너 같은 비행 청소년을 아들로 둔 적이 없다!"

"아까는 아무 말도 안 해놓고…….."

"지금 뭐라고 했느냐?"

구시렁거리는 엠페러를 게슴츠레한 눈으로 노려보는 펭귄 왕이었지만, 엠페러는 그에 대답해 줄 생각이 없다는 듯 무언가를 궁리하며 중얼거리기 시작했다.

"아버지를 아버지라 부르지 못하고, 형을 형이라… 아, 난 형이 없지만. 어쨌든……."

그렇게 혼자서 한참을 구시렁거리던 엠페러는 이내 떠오른 바가 있는 듯 부리를 치켜들며 말했다.

"그래! 그거다!"

"……?"

이 바보 펭귄 녀석이 무슨 짓을 꾸미려는 것일까, 나를 비롯한 모두의 시선이 주목된 가운데 엠페러가 당당히 말했다.

"아저씨… 케헥!"

퍼억!

순식간에 엠페러의 머리에 박혀든 홀이 엠페러의 말을 끊었다.

"이 호로 자슥이! 어디 아버지한테 아저씨라고!"

"아빠가 방금 아버지라고 부르지 말라고 했다!"

"그렇다고 아버지를 아저씨라고 불러?!"

"발음이 비슷하다! 게다가… 나이 든 남자를 아저씨 아니면 뭐라고 불러야 하나?"

"이놈이 그래도!"

엠페러의 지지 않는 대꾸에 펭귄 왕이 다시 한 번 홀을 치켜들려는 찰나, 이 부자 다툼을 보고 있던 펭귄 몇몇이 소곤소곤 속삭였다.

"맞는 말 아니야? 아버지를 아버지라고 못 부르면… 아저씨라고 하는 게 맞지 않아?"

"확실히 발음도 비슷하니까 부르다 보면 아버지를 부르는 기분도 조금 나는 거 같은데……."

어쩐지 이 왕국이 망하는 데는 다른 이유가 필요하지 않았을 것 같다는 생각이 드는 가운데, 노려보는 펭귄 왕의 시선에 소곤거리던 이들이 찔끔 고개를 숙였다. 그제야 이성을 찾은 듯 펭귄 왕이 나와 나여주를 향해 슬쩍 고개를 숙여 보이며 말했다.

"크흠, 손님 앞에서 이거 추태를 보였군."

"맞다! 나이 든 남자가 옷도 안 입고 있으니 추태다."

도대체 어찌 저리도 맞을 짓만 골라 하는 것일까 싶을 만큼 그새를 참지 못하고 엠페러가 대화에 끼어들었다.

"너도 안 입고 있잖아!"

"…아!"

노한 펭귄 왕이 버럭 소리치자, 엠페러가 탄성을 질렀다.

그제야 깨달았다는 듯 자신의 불룩한 뱃살을 내려다보는 엠페러였다. 나이 든 아저씨가 옷을 안 입었으니 추태라는 말에 고개를 끄덕이던 다른 펭귄들 역시 깨달음을 얻었다는 듯 급히 자신의 털을 다듬어 옷처럼 상하의 경계선을 나누거나, 부끄럽다는 듯 날개로 상하체를 가리기 시작했다.

'저런 녀석들을 데리고 지금껏 왕국을 유지했다니… 왕은 역시 아무나 하는 게 아니군!'

유일하게 이 펭귄들의 바보짓에 태클을 걸 줄 아는 펭귄 왕이 있기에 왕국이 존속이나마 된 것이지, 이들 중 다른 녀석이 왕이었다면 이미 이 얼음 대지에는 다른 종족이 들어와 앉았을 것이다.

"어험험! 그래, 어디까지 얘기했더라……. 아, 그래! 우리 왕국이 이렇게 된 건 말이지……."

어수선한 분위기 속에서 은근슬쩍 내 눈치를 살피던 펭귄 왕은 가벼운 헛기침을 시작으로 미처 다 하지 못한 이야기를 마저 하겠다는 듯, 자연스레 왕국의 저간 사정에 대해 이야기하기 시작했다.

과거 왕국이 가지고 있던 화려한 위상과 강력한 힘, 이를 탐내고 시기한 마족과 마물들의 침투… 그로 인한 왕국의 쇠락까지……. 눈물 없인 들어줄 수 없는 장황한 이야기가 진행되는 가운데, 나는 문득 이상한 생각이 들었다.

'응? 우리가 원래 이런 주제로 대화를 하고 있었나?'

그리고 원래 이런 이야기는 대개 퀘스트의 배경 스토리 같은데 자주 나오는 것 아닌가?

'예를 들면 왕국을 구하라던가…….'

"그러니 자네가 이 왕국을 구해주게!"

띠링!

"…예?"

딴 생각을 하는 사이 진행된 이야기가 무엇이었는지 제대로 듣지 못했지만, 어느샌가 내 귓가엔 청량한 알림음이 들려왔고, 눈앞엔 반투명한 퀘스트 내용이 나와 있었다.

〔마계 펭귄의 구원 — NPC 지정 퀘스트
심해왕과의 싸움 이후 최강의 마수 일족으로 군림하던 펭귄 일족. 하나 그런 이름도 오랜 세월 속에 무뎌지고야 말았다.

그들의 강철 같던 날개는 뒤뚱거림을 바로잡는 저울이 되었고, 날선 칼과 같던 부리는 갱년기 중년 남성과 같이 힘을 잃었다.

자신들을 지킬 무기를 잃고 귀여운 외모만이 남아 마계의 애완 마수 취급을 받게 된 펭귄 족, 그들의 정신적 지주가 되어 주던 펭귄 왕국마저 몽마족의 침략과 납치로 인해 국민 개체 수가 줄어들며 급기야 멸망 직전에 이르고야 말았으니……. 이에 펭귄 왕은 인연이 닿은 인간에게 도움을 요청하였다.

시간 : 펭귄 왕국의 멸망 전
보상 : 펭귄 왕의 친필 사인, 펭귄 왕의 칭찬, 펭귄 왕국의 모든 펭귄 머리 쓰다듬기 권, 서큐버스 전투복 세트,

서큐버스의 채찍, 전투 실전 강좌 영상 녹화 수정구 등

　성공 조건 : 몽마족으로부터 펭귄 족 탈환

　실패 조건 : 펭귄 왕국의 멸망, 펭귄 왕의 사망, 몽마족의 침공

　실패 페널티 : 펭귄 왕의 실망〕

　'이게 뭔…….'

　뜬금없이 퀘스트가 나타난 것도 당혹스러웠지만, 그보다는 사실 퀘스트 내용과 보상이 더욱 당혹스러웠다.

　보상이라고는 도대체 어디에 써야 할지 모르겠는 것들밖에 없는데다, 실패 페널티가 고작 펭귄 왕이 실망하는 것뿐이라니……. 애초에 내용이 워낙 뻔뻔해서 펭귄 왕이 양심이 없는 건지, 아니면 마계의 퀘스트는 다 이런 것인지 알 수가 없을 정도였다.

　그리고 내 행동 역시 뻔뻔했다.

　〔거절하였습니다.〕

　풀썩!

　"왜에에에에에에!!!"

　흐릿해지는 시스템 메시지 너머로 자리에 주저앉아 절규하는 펭귄 왕의 모습이 보였다.

　"그, 그럼… 펭귄 왕국 구원으로 하면……."

〔펭귄 왕국 구원······.〕

〔거절하였습니다.〕

"왜에에에에!!"

퀘스트 이름만 다를 뿐 같은 내용의 퀘스트를 떠넘기려는 펭귄 왕의 수작에 거침없이 거절 버튼을 누른 나는 절규하는 펭귄 왕을 내려다보면서 한숨을 쉬었다.

"아니··· 너무 뻔뻔한 거 아닙니까? 아무리 그래도 처음 보는 사람한테 왕국의 운명을 떠맡기다니······."

"그, 그래도··· 아들 친구기도 하고······."

'누가 누구랑 친구라는 거야.'

물론 우리 둘의 평소 모습이야 나 스스로도 잘 알고 있는 만큼 그 모습을 보고 오해했다면 할 말이 없지만, 엄연히 나와 엠페러는 주인과 소환수의 관계였다. 당장 엠페러가 나를 부르는 호칭만 봐도 '주인'이 아니던가?

'아니, 그보다도 어린 동생? 그게 더 어울릴 것 같은데?'

엠페러의 평소 행동을 생각하면 사실 친구라기보다는 어린 동생과 형 사이로 보는 게 더 자연스럽지 않나 싶지만, 그런 복잡한 사정을 설명하기엔 여전히 희망을 버리지 않은 눈으로 나를 쳐다보는 펭귄 왕이 부담스러웠다.

'일단 이 자리를 피해야겠군.'

마계의 마족이나 퀘스트, 그리고 퀘스트 보상 목록 일부에 흥미(?)가 없는 것은 아니었지만 이미 내 퀘스트 창에는 받아만 놓고 제대로 진행하지 못한 퀘스트가 여럿 있었다.

당장 용병 길드에서 받은 몬스터 처치 퀘스트가 그렇고, 머맨 전사 굴라쿠로부터 받은 '펠라로 웍스의 재앙' 퀘스트, 그리고 나여주가 파티에 합류하면서 공유받은 '펠라로 웍스 구원' 퀘스트까지, 도합 세 개의 퀘스트를 지니고 있었다.

'물론 펠라로 웍스의 재앙과 구원은 최종적으로 심해왕을 처치하는 것이 목표긴 하지만……'

배포처만 다를 뿐 사실상 거의 같은 내용을 가진 두 퀘스트. 그중 재앙은 원인을 파헤치고 해결하는 것이 목적인만큼 심해왕을 처치하는 것이 완료 과제고, 구원 퀘스트는 점액질 보스를 잡은 것을 기점으로 연계 퀘스트가 생겨 마찬가지로 심해왕을 처치하는 것이 목적인 퀘스트로 변해 있었다.

'물론 현실적으로 완료 불가능한 퀘스트들이긴 하지만……'

심해왕을 잡는 것도 그렇지만 펠라로 웍스에 있는 몬스터들을 일정 수 잡고 보고하는 용병 길드의 퀘스트 역시 마계로 와 버린 현 상황에서는 현실적으로 어떻게 해볼 수도 없었다.

게다가……

'나는 벨라를 찾아야 한다고……!'

내 한순간의 말실수로 잃어버린 일행이었다.

그녀가 강하다곤 하지만 마계에는 그보다 강한 적들이 수두
룩할 터. 벨라 그녀를 위해, 그리고 나와 나머지 일행들을 위해
서라도 반드시 찾아야만 했다. 갑자기 사라져 버려서 어디로 갔
는지는 알 수 없지만 우리가 들어서고 난 뒤 사라진 마계의 입
구를 생각하면 벨라 역시 아직 마계 어딘가에 있을 터, 너무 멀
어지기 전에 빨리 찾는 것이 좋았다.

'시간 끌어봐야 좋을 건 없겠지.'

직감적으로 이곳엔 벨라도, 그리고 얻을 것도 없음을 확신한
내가 이만 이 자리를 벗어나기 위해 변명거리를 찾고 있을 때,
엠페러가 나서서 뒤늦은 호칭 정리를 했다.

"아부지! 이 인간은 친구가 아니라 내 주인이다! 그렇지 않은
가, 주인?"

"응? 아, 응……."

마침 나는 변명거리를 찾아 다른 생각을 하던 중이었기에 엠
페러의 말을 건성으로 들었고, 그 와중에도 딱히 틀린 말이 없
는 것 같아 대충 고개를 끄덕여 줬다.

그리고 그 덕분에… 펭귄 왕의 눈이 번쩍이는 것을 나는 미처
발견하지 못했다.

"그으래~? 주인이라고?"

어쩐지 불길하게 들리는 펭귄 왕의 목소리에, 혹시나 그의 아들인 엠페러가 부하가 된 것이 못마땅해서 저러는 것은 아닐까 하는 불안감이 들었지만, 다행히 그것은 아닌 듯 펭귄 왕의 눈에는 계략을 꾸미는 자의 음험함만이 드러나 있을 뿐이었다.

'응? 이게 안심할 일인가?'

물론 아들을 부하로 삼을 만한 능력이 있는지 시험하겠다며 달려들거나 왕가의 후계자를 부하로 삼았다고 시비를 걸지 않은 점에 있어서는 다행이라고 할 수 있었지만··· 그렇다고 음험한 계략을 꾸미는 눈빛이 좋다는 것은 절대 아니지 않은가.

"응? 아니, 잠깐만······!"

"후후··· 이미 늦었어!"

그제야 불안을 느낀 나는 펭귄 왕을 찾아 고개를 돌렸다. 그러나 어느새 나와 멀찍이 떨어진 곳에서 다른 펭귄들에게 호위까지 받으며 당당히 서 있는 펭귄 왕은 이제서 막기엔 너무 먼 존재였다.

그뿐이 아니었다.

척— 처처처처적!

"이, 이건······!"

나를 중심으로 내 주변을 둥글게 감싸 버린 펭귄들은 은근슬쩍 나와 엠페러를 따로 떨어뜨리기 시작했고, 내 다리 근처를 점령한 펭귄들에 의해 나도 모르게 엠페러로부터 떨어지게 되었다.

"옛말에 이르길 군주와 스승과 아비의 몸은 하나라는 말이 있다! 아들아! 너는 저 인간을 군주로 섬기고 나를 아비로 두었으니… 네 아비의 곤란은 곧 네 군주… 주인의 곤란! 또한 너는 아들로서 아버지를 섬길 의무가 있으니! 아들아, 너는 이 아버지를 도와줄 수 있겠느냐?"

"으…응?"

"속지 마! …읍읍!"

순간 엠페러의 똥그란 두 눈이 각각 다른 시계 방향과 반시계 방향으로 돌아가는 것을 알아차린 내가 재빨리 말하려 했지만, 나와 엠페러를 떨어뜨리던 펭귄 무리로부터 불쑥 튀어나온 한 펭귄의 납작한 날개가 내 입을 찰싹 틀어막았다.

그렇게 혼란에 빠진 엠페러와 펭귄 왕의 독대가 이어지는 가운데… 이내 상황을 간단명료하게 정리한 펭귄 왕의 말 한마디에 엠페러는 홀딱 넘어가 버렸다.

"네 아비… 아니, 네 주인이 곤경에 처했다고 하지 않느냐? 도와주지 않을 것이냐?"

"뭣! 주인이? 그렇다면 돕는다!"

"안 돼!!"

간신히 입을 틀어막은 펭귄을 피해 소리친 나였지만… 이미 늦은 상태였다.

"그래그래! 부하된 입장에서 주인의 곤란을 나 몰라라 해서야 되겠느냐? 설마 그런 일이 있다면… 그건 수하라고 할 수 없겠지!"

"그렇다! 주인의 곤란을 모른 척한다면… 나는 소환수 자격이 없다! 주인을 위해 최선을 다할 거다!"

펭귄 왕의 말에 큰 목소리로 동조한 엠페러의 외침이 나와 엠페러, 그리고 펭귄 왕과 펭귄들… 마지막으로 오늘따라 존재감이 지극히 약한, 멍한 상태의 나여주의 사이에 크게 울려 퍼졌다.

그리고 동시에.

띠링!

〔마계 펭귄의 구원 ― NPC 강제 지정 퀘스트

심해왕과의 싸움 이후 최강의 마수 일족으로 군림하던 펭귄 일족. 하나 그런 이름도 오랜 세월 속에 무뎌지고야 말았다.

그들의 강철 같던 날개는 뒤뚱거림을 바로잡는 저울이 되었고, 날선 칼과 같던 부리는 갱년기 중년 남성과 같이 힘을 잃었다.

자신들을 지킬 무기를 잃고 귀여운 외모만이 남아 마계의 애완 마수 취급을 받게 된 펭귄 족, 그들의 정신적

지주가 되어 주던 펭귄 왕국마저 몽마족의 침략과 납치로 인해 개체 수가 줄어들며 급기야 멸망 직전에 이르고야 말았으니……. 이에 펭귄 왕은 인연이 닿은 인간족에게 도움을 요청하였다. 펭귄 왕은 왕국을 부활시키고자 펭귄들의 구출과 그들의 영원한 숙적 심해왕을 처치해주길 바라고 있다.

시간 : 펭귄 왕국의 멸망 전
보상 : 소환수 강화, 소환수 전용 장비, 펭귄 왕의 친필 사인, 펭귄 왕의 칭찬, 펭귄 왕국의 모든 펭귄 머리 쓰다듬기 권, 서큐버스 전투복 세트, 서큐버스의 채찍, 전투 실전 강좌 영상 녹화 수정구 등
성공 조건 : 몽마족으로부터 펭귄 족 탈환, 심해왕 처치
실패 조건 : 펭귄 왕국의 멸망, 펭귄 왕의 사망, 몽마족의 침공
실패 페널티 : 펭귄 왕의 실망, 소환수 엠페러 계약 해제]

앞서와 크게 달라지지 않은 퀘스트 내용과 보상들이었다.
그냥 원래 내용에서 여기저기 짤막하게 내용이 추가된 정도였고 소환수 강화라든지 이전에 비하면 쓸 만한 보상도 눈에 띄었다. 하지만… 그런 미약한 추가 보상에 비해 단 몇 줄이 추가

된 퀘스트 내용은 이전과 차원이 달랐다.

'또…! 또! 심해왕이냐!'

기회를 잡은 김에 본인의 걱정거릴 몽땅 떠넘길 생각인지, 음흉하게도 퀘스트 내용에는 펭귄 족의 숙적인 심해왕에 관한 것도 있었다.

대체 저 심해왕이란 녀석과 나는 전생에 무슨 원수를 지었기에 이토록 끝도 없이 달라붙는 것인지 이해할 수가 없었다.

심지어 이번에는 샛길로 빠지는 것을 원천적으로 봉쇄하는 조건까지 걸고서 나타나다니, 나로선 속이 탔다.

"소환수 계약 해지라니……!"

내 실수로 벨라를 떠나보낸 지 얼마나 됐다고 이렇게 곧장 엠페러를 잃을 위기에 처하다니, 이 무슨 신의 장난이란 말인가.

물론 이런 커다란 페널티의 엉터리 퀘스트 따위, 받지 않으면 되지 않느냐고 생각할 수도 있겠지만… 바뀐 것은 단순히 퀘스트 보상이나 내용만이 아니었다.

〔마계 펭귄의 구원 — NPC 강제 지정 퀘스트〕

퀘스트 분류 내용에 추가된 '강제'라는 단어.

단 두 글자의 짧은 한마디지만 그것이 끼치는 영향은 지대했다.

〔거절하실 수 없습니다.〕

〔거절하실 수 없습니다.〕
〔거절하실 수 없습니다.〕
〔…….〕

혹시나 하는 마음에 퀘스트 거부 버튼을 몇 번이고 눌러봤지만, NPC에 의해 강제 지정된 퀘스트는 거절이 되지 않았다.

본래 강제 지정 퀘스트는 캐릭터의 전직과 같은 중대사에 쓰이는 부류의 퀘스트인만큼 거부할 수 없는 것이다.

이 퀘스트를 거절하는 방법은 한 가지, 우선 퀘스트를 승낙하고 다시 퀘스트를 포기하는 것뿐.

언뜻 보기엔 퀘스트를 받기 전에 포기하는 것과 다른 것이 무엇이냐고 생각할지도 모르지만, 이는 엄연히 차이가 있었다.

보통 처음부터 부탁을 거절당하면 조금 마음이 상하고 말지만, 앞에서 약속을 하고 나중에 가서 거절을 하면 화가 나는 법이다. 그리고 이 세상의 사람은 곧 NPC인바, 퀘스트를 거절한 유저는 화가 난 NPC에게 그 대가를 치러야 한다. 만일 내가 퀘스트를 받고 포기를 누른다면 저 퀘스트 실패 페널티에 적힌 모든 것을 뒤집어쓰게 될 수밖에 없었다.

그리고 이 퀘스트의 실패 페널티는 엠페러와의 소환수 계약 해지. 나로선 선택의 여지가 없었다.

〔수락하셨습니다.〕
〔'마계 펭귄의 구원' 이 퀘스트 목록에 추가됩니다.〕

"젠장… 저 바보 펭귄 녀석!"

이미 예상하고 누른 것이지만… 막상 시스템 메시지를 보니 화가 치밀어 오르는 것은 어쩔 수 없었다.

이런 내 기색을 느낀 것일까, 그때까지도 무슨 일이 벌어진 것인지 모른 채 두 눈을 각기 다른 방향으로 굴리던 엠페러가 어느새 다가온 나여주의 뒤편으로 숨는 게 보였다. 하지만 이미 벌어진 일, 이제 와 혼낸다고 해서 해결될 문제가 아니었다.

'그래… 긍정적으로 생각하자. 어차피 벨라를 찾기 위해서라도 마계에 머물러야만 했으니까… 벨라도 찾을 겸 마계도 충분히 둘러보고 레벨 업도 하고… 그러면 어떻게든 그 심해왕이라는 것도…….'

"잡을 수 있을 리가 없잖아!"

애당초 그 녀석을 잡을 수 있었다면 이런 걱정이 필요 없었을 터다.

우리가 발견한 심해왕의 신전에 들어가는 조건이 300대 레벨의 보스 몬스터와의 싸움에서의 승리였다. 그런데 그런 곳의 보스인 심해왕을 상대로 싸워 이기라니, 현실적으로 불가능한 일이다. 게다가 잡혀간 펭귄을 구출해야 한다는 추가 조건까지 걸고 있지 않은가?

'후… 그래, 이렇게 화내봤자 바뀌는 건 없겠지.'

조금 전에도 말했지만 이미 벌어진 일이었다.

그리고 나에겐 이걸 해결하는 것밖엔 선택지가 없는 상황, 이제는 차근차근 풀어 나가는 수밖에는 없었다.

"일단 비켜 봐."

우르르르―

이미 상황이 종료되었음에도 나와 펭귄 왕 사이에 일어난 일을 알지 못한 펭귄들은 지금껏 내 앞길을 막고 있다가, 흐뭇한 미소를 짓는 펭귄 왕의 얼굴을 보고, 살기가 묻어나고 있는 내 목소리를 듣고서야 이젠 비켜서야 할 때라고 판단했는지 모두 내 앞에서 벗어나기 시작했다.

'응? 근데 보통 반대 아닌가?'

내가 살기를 보이니 도망치는 친위대라… 뭔가 이상하기는 했지만 나에겐 잘된 일이었다.

왜냐하면 방금 문득 떠오른 게 있어 실험을 좀 해야 하니까.

"어디 퀘스트를 준 NPC가 죽어도 퀘스트가 유지되나 볼까아아아! 죽어어엇!"

"끼에에엑! 위, 위험하다아악! 친위대! 근위대에에! 아들아아아!"

슝― 슝슝!

허공을 가르는 금빛 엄니를 요리조리 피하며 펭귄 왕국의 병사들과 엠페러를 찾는 펭귄 왕이었지만… 가느다란 나여주 다리 뒤에 옹기종기 모여든 펭귄들은 아무도 움직일 생각을 하지 않았다.

슈파파파!

"으게에에엑!"

강력한 힘을 기반으로 섬전처럼 뻗어 나가는 금빛 검광에 바삐 도망치던 펭귄 왕은 한참을 더 도망치다가, 무엇이 떠올랐는지 갑자기 자리에 멈춰 서서 진중한 표정으로 나에게 말했다.

"인간이여, 너는 잘못 생각하고 있구나! 분명 내 의뢰는 우리 펭귄 왕국의 멸망 전이라는 시간 제한이 있었을 터! 왕국의 왕인 이 몸이 죽는다면 왕국 역시 멸망하고 의뢰도 실패로 끝날 것이다!"

멈칫!

펭귄 왕의 말에 금빛 엄니가 당당한 눈빛으로 나를 노려보는 펭귄 왕의 미간 앞에서 멈췄고, 잠시 펭귄 왕을 노려보던 나는 이 말이 맞는지 확인을 위해 나여주 주위로 몰려든 펭귄들을 향해 고개를 돌렸다. 그러자…….

절레절레—

일제히 좌우로 흔들리는 펭귄들의 동그란 머리통.

다시 돌아선 내 시선에 안절부절하며 자신의 부하들을 향해 무언가 비는 모습을 하는 펭귄 왕의 모습이 들어왔다.

"…그렇다네?"

"…예?"

슈파아아앗!

얼음의 대지, 펭귄 왕국의 왕성 앞.

왕성의 반짝임을 돋보이게 하는 금빛이 몰아치고… 그날 하루 늙수그레한 펭귄의 곡소리가 종일 울려 퍼졌다.

바스락—!

"힝, 여기가 어디람?"

홧김에 일행을 떠나 도망쳐 온 길, 벨라는 어딘지 모를 숲속을 헤매고 있었다.

부스럭부스럭.

"가도 가도 숲밖에 없고… 분명 조금 전까진 황무지였는데……."

물론 얼마 전까지 벨라가 있던 곳이 황무지이긴 했지만, 그 얼마 간의 시간이면 황무지를 벗어나는 데 전혀 부족함이 없는 것이 본래 그녀의 능력이다.

그간 대로를 비롯한 일행과 함께 생활해 온 탓에 이런 전력을 다한 뜀박질을 할 일이 없었을 뿐, 그녀는 엘프족의 전사로 키워진 몸이다.

"게다가 무슨 숲이 이래?"

엘프인 그녀에게 있어 숲이란 집과도 같은 곳이었다.

숲속이라면 차가운 흙바닥도 푹신한 카펫과 같고, 거칠고 두터운 나뭇가지도 고급스런 침대와 다를 바 없었다.

하지만 어째선지 이곳은 좀 다르다.

군데군데 그녀가 모르는 식물들이 흉측한 자태를 뽐내고 있을 뿐 아니라, 어째선지 숲이라면 당연히 느껴져야 할 싱그러운 생명력이 느껴지지 않았다.

많은 생명이 살아가는 곳이기에 자연스럽게 생명력을 뿜어내야 할 숲이 오히려 그녀가 지나온 황무지에서 느낀 대지의 생명력보다도 훨씬 낮은 생기를 가지고 있었다.

'오히려… 내 생명력을 빼앗기는 기분이야.'

처음에는 주인이었던 제로와 가디언으로서의 연을 강제로 끊은 탓이라고 생각했다.

그녀는 가디언은 주인의 동의 없이 개인의 의사 결정만으로 그 연결을 해제할 시, 계약 파기의 효과로 극심한 후유증을 겪는다고 알고 있었다. 그리고 이 역시 그런 효과의 연장선이라고 생각했다.

하지만 숲에 들어선 지 몇 시간이 지난 지금, 그녀는 지금 자신이 겪고 있는 이 현상이 결코 제로와의 계약 파기로 인한 것이 아님을 깨달았다. 그녀의 힘이 빠져나간 것은 최초 제로와의 계약 파기를 결심한 순간뿐이었던 것이다. 그 이후 그녀는 이곳에 달려오는 내내 별다른 이상을 느낀 적이 없었다. 그런데 어찌다 보니 찾아온 이 숲에 들어오고 난 뒤로 어째선지 지속적으로 힘이 빠져나가는 것이었다.

"이, 이러면 안 되는데……!"

이 숲에 들어온 지도 어언 수 시간여, 그리 긴 시간은 아니었지만 계약 페널티로 인해 전체 능력치가 절반으로 하락하여 체력의 재생력조차 낮아진 벨라에겐 이미 큰 피로가 누적된 상태였다.

꿈뻑―

'몸이… 이상해…….'

설상가상이라는 말이 이런 상황에 쓰이는 것일까? 극심한 체력의 저하와 정신적 충격으로 인해 피로가 누적되어 있던 벨라는 숲을 헤치고 걸어나가다 말고 극심한 어지럼증과 함께 시야가 점차 어두워짐을 느꼈다.

잠을 조금 자고 일어난다면 괜찮을 거란 생각이 들었지만, 이런 정체불명의 숲에서 함부로 잠을 청할 수도 없는 노릇이다.

'일단… 이 숲을… 벗어난 다음에…….'

이곳이 마계라는 점을 생각해 본다면 숲을 벗어난다고 한들 안전하다는 보장은 없지만, 당장의 이 숲의 이상 현상으로부터는 벗어날 수 있을 터. 벨라는 지친 몸을 이끌고도 계속해서 걸음을 옮겼다.

그때, 그런 그녀의 귀로 작은 속삭임이 들렸다.

"아직도 버티고 있다니……."

"중간계의 엘프라……."

소곤소곤.

작은 속삭임이었지만 엘프인 그녀의 큰 귀에는 천둥과도 같은 목소리였다.

사실 그보다는 점차 제 기능을 하지 못하는 눈을 대신해 극도로 예민해진 귀가 비정상적으로 작은 소리를 잡아내기 시작한 것이지만, 그녀로선 알 수 없는 일이었다.

"누, 누구……."

벨라가 묻자 숲속 한 켠에서 작은 소란이 일었다.

부스럭부스럭— 바스락바스락—

"어떡해! 우리 목소릴 들었나 봐!"

"바보야! 그럴 리가 없잖아! 저렇게 숲 향에 취해 있는데……!"

"누구… 누가… 숲 향……?"

"!"

벨라의 중얼거림에 숲의 소란이 잦아들었다.

그러곤 잠시 뒤, 벨라의 양옆 풀숲에서 각각 하나씩의 인영이 모습을 드러냈다.

"중간계의 엘프…! 어떻게 이곳 마계의 숲까지 찾아온 것인지는 모르겠지만……."

"여기는 출입 금지 구역이에요!"

"아… 으으…?"

혼곤한 벨라의 눈은 양 옆에서 등장한 이들의 모습을 정확히 알아볼 수 없었다.

다만 목소리가 그다지 나이가 많아 보이지 않는다는 것만 포착했을 뿐.

점멸하는 그녀의 시야로 어렴풋이 검푸른 발목과, 그녀가 숲에서 즐겨 신던 푸른 풀잎으로 엮은 신발이 들어왔다.

그리고 가까워지는 흙바닥 위로 몇시간전 떠나온 한 사람의 얼굴이 드리워졌다.

'제로……'

이상한 숲이지만 흙의 향기는 달콤했고, 마지막에 본 얼굴은 그녀를 폭신하게 흙 바닥에 받아줬다.

털썩—

"%#%#$%@·$#@!!"

"@T#T#$@·#&&*(!"

그렇게 그녀는 자신의 주변에서 일어나는 소란도 미처 깨닫지 못한 채.

조용히.

조용히.

잠에 빠져들었다.

Chapter 3

펭귄 구출 작전

"흐음… 그러니까 일단은 몽마족 쪽으로 먼저 접근을 해야겠네."

"그렇다네."

호로록!

손에 든 찻잔을 호로록 들이키며 한껏 여유를 부리는 펭귄 왕의 몰골은 여기저기 붕대를 칭칭 감은 모습이었지만, 의외로 크게 다친 곳은 없는 듯 자연스러운 모습이었다.

'펭귄이란 것들은 밥 먹고 체력 단련만 했나?'

분명 체력 경고음이 나올 때까지 열심히 팬 것으로 기억하는데.

어째선지 맞을 때는 그렇게 비명을 꽥꽥 지르던 펭귄 왕은 상황이 끝나고서야 붕대를 들고 나타난 부하들에게 화를 낼 만큼 쌩쌩했다.

엠페러의 아버지에 현직 왕이라는 칭호를 가진 몸인 만큼 그 비정상적인 체력이 이해가 안 가는 것은 아니지만, 그렇기에 더욱 나로선 걱정되지 않을 수 없었다.

내 최후 상대가 될 심해왕은 최저 400레벨 이상일 터… 게다가 무조건 이 펭귄 왕보다 강하면 강했지 약하지는 않을 것이다.

체력이 다할 때까지 공격만 하고도 펭귄 왕에게 흠집조차 내지 못하는 지금의 공격력으로 심해왕을 상대하는 게 과연 가능할까?

물론 게임 시스템상 공격이 성공하면 상처가 나지 않더라도 그만큼 피해를 입고 누적된 대미지를 받게 되지만, 그것도 누적 대미지로 승리를 할 수 있을 경우에나 확인이 가능한 일이다.

'물론 심해왕을 상대로 할 때는 엠페러를 들겠지만……'

금빛 엄니와 엠페러 사이에는 하늘과 땅만큼의 위력 차이가 있지만, 지금의 펭귄 왕을 압도한다는 심해왕에게 얼마나 통할지도 미지수였다.

'뭐, 사실 그런 것도 다 그때 가서 생각해 볼 이야기지만.'

자꾸만 떠오르는 심해왕에 대한 걱정과 상념을 억지로 밀어

내며 나는 당장의 현실에 집중하기로 했다. 어차피 심해왕은 앞선 과제를 해결한 후에야 닿을 수 있는 먼 미래의 걱정이었으니 말이다.

"몽마족이라……."

"몽마족은 마족들 중에는 하급 마족으로 분류되지."

내가 중얼거리는 말을 들었는지 펭귄 왕이 몽마족에 대한 짤막한 정보를 덧붙였지만 그런 설명은 나를 더 암담하게 할 뿐이었다.

"뭐야, 그럼 펭귄 족은 하급 마족보다 약한 거야? 몽마족들에게 전부 끌려가 버릴 만큼?"

퀘스트 내용을 살펴보면 몽마족에 의해 펭귄들이 대거 납치되었다는 구절이 있었다. 그 말인즉슨 하급 마족에게 당해 납치를 당했다는 의미이니, 이들 펭귄 족이 마계에서도 최하위 계층이라는 말이나 진배없었다.

"무슨 그런 무례한 말을!"

"주인! 우릴 하급 마족에 비교하는 건 너무하다!"

화난 표정으로 버럭 소리를 지르는 펭귄 왕과 엠페러의 얼굴에는 굉장히 불쾌하다는 기색이 역력했다. 하지만 그렇게 말한다고 한들 나로선 납득할 수 없었다.

"뭐야, 그럼? 펭귄 족이 하급 마족보다 강한데도 그들한테 끌려갔다는 거야? 그리고 그걸 나더러 믿으라고?"

"크흠, 믿기지 않겠지만 그건 분명 사실일세."

부끄러운 것은 아는지 슬쩍 내 눈을 피하며 말하는 펭귄 왕이었다.

사실 나 역시도 펭귄 족이 하급 마족보다 약하다는 것은 선뜻 이해가 가지 않기는 했다. 하급 마족의 능력이 얼마나 강력한지는 알 수 없지만, 당장 엠페러만 해도 능력치가 봉인되기 전에는 중간계에서 북쪽 숲의 왕이라 불리던, 자그마치 500레벨에 해당하는 괴물 중의 괴물이다. 거기에 능력치를 봉인당한 상태에서도 날카로운 부리와 최고의 체력이라는 특징만으로 다른 괴수왕 둘을 단숨에 쪼개 버렸고, 그 어떤 몬스터의 공격에도 치명상을 입어본 적이 없었으니… 엠페러가 펭귄 왕의 자손이라 좀 더 특별하다고 하더라도 다른 펭귄들이 이보다 크게 떨어질 것이라고 생각하긴 힘들었다.

그런데 그런 괴수급 펭귄들을 대량 살상도 아닌, 대량 납치라니……. 하급 마족이란 게 얼마나 강하다는 건지 짐작도 하기 힘들었다. 그리고 그 하급 마족이라는 것들이 정말 그렇게 강하다면… 사실상 지금 리버스 라이프에서 진행 중인 마계의 문 이벤트는 진행이 불가능할 터였다.

케이안 성에서 보았던 고레벨이라 불리는 유저들이 두 개의 피니시 무브를 가진 200레벨대의 유저들이었던 것을 생각하면, 그들로서는 마계의 문이 아니라 심해왕의 신전 입구를 지키는 부정형 보스가 이벤트 몬스터여야 했다.

그렇게 생각한 내가 펭귄 왕을 향해 의심의 눈초리를 보내자, 연신 헛기침을 하던 펭귄 왕이 딴청을 피우는 척 슬그머니 사정을 설명했다.

"크흠, 뭐… 남자가 여자를 좋아하고… 여자가 남자를 좋아하고, 그런 건 자연의 섭리니까……. 뭐 우리 종족이 유달리 타종족 이성을 좋아하는 경향이 있긴 한데 말이야… 크허허험!"

"…그러니까 납치가 아니라 그냥 따라갔다?"

"크흐흐흠!"

한심하기 짝이 없는 결론에 내 정신이 멍해질 때쯤, 여태껏 인형처럼, 조각처럼 아무런 말도 없이 조용히 있던 나여주가 불쑥 대화에 끼어들었다.

"박대로."

"어? 왜?"

뜬금없는 부름에 화들짝 놀란 내가 나여주를 향해 고개를 돌리자 여지껏 본 적 없는 진중한 표정의 나여주가 나를 곧은 시선으로 쳐다보고 있었다.

"엘프를… 벨라를 먼저 찾자."

"아, 그야 물론 찾아야지. 찾을 거긴 한데……."

잠시 언급이 뜸하던 벨라에 대해 상기시켜 주는 나여주의 목소리에 내가 말끝을 흐렸다.

나라고 벨라를 찾고 싶지 않은 게 아니었다. 누구보다 간절히 찾고 싶다. 정말 누구보다 절실히 그녀를 찾고 싶었다.

하나⋯ 단서가 너무 적었다.

'눈 깜빡할 사이에 사라져 버렸으니까⋯ 어느 방향으로 갔는지조차 알 수가 없고⋯⋯.'

"나도 될 수 있으면 벨라를 먼저 찾고 싶어⋯⋯. 하지만 단서가 너무 부족해. 마계가 얼마나 넓은지도 알 수 없으니 무작정 찾으러 다닐 수는 없으니까 말이야. 무엇보다 제한적이긴 하지만 출입구가 있으니, 어쩌면 마계를 떠나 중간계로 가 있을 수도 있으니까."

"⋯그야 그렇지만."

나여주 역시도 그런 사정을 모르는 것은 아닐 테지만⋯ 조급했으리라.

벨라가 떠난 이후, 나여주의 말수는 급격히 줄어들었다.

단순히 티격태격하던 상대가 없어져서 말이 줄어든 정도가 아니었다. 간단한 긍정과 부정조차도 입으로 하지 않고 냉막한 표정을 지은 얼굴을 가볍게 흔드는 것으로 그녀 자신의 감정을 표현하고 있었다.

나는 그 속에서 발견했다.

그녀가 가슴속에 품고 있는 죄책감을, 그녀로 인해 떠나 보낸 친구를 향한 미안함을.

나는 발견할 수 있었다.

그녀가 걸어온 길을 보다 먼저 걸어왔던 나였기에 그녀가 겪고 있는 고통을 이해할 수 있었다.

"너무 조급해하지 마. 나는 무슨 일이 있어도 벨라를 찾을 테니까."

끄덕.

"그리고……."

"……?"

내 말에 가볍게 끄덕임으로 대답하던 나여주는 말을 끄는 내 행동에 무슨 말인지 궁금하다는 듯 고개를 들었다가, 자신의 머리를 향해 다가오는 큼지막한 손에 슬쩍 눈을 크게 떴다.

슥슥―

"너무 걱정하지도 마. 벨라는 강하니까… 그리고 벨라가 떠나간 게 네 책임이라고 자책하지도 마라. 엄연히 내 잘못이니까."

나여주의 풍성한 머리를 쓰다듬는 내 손길에는 실의에 빠진 여동생을 토닥이는 오빠의 자상함이 깃들어 있었다. 그리고 그건 사실 틀리지 않은 말이기도 했다. 나에게 있어 지금의 나여주는 이제 막 그녀를 감싸고 있던 알을 깨기 위해 기지개를 켜려 하는, 내가 지나온 길의 시작점에 선 어린 동생과도 같았으니 말이다.

거기에 내 잘못이라는 말 역시 전혀 틀리지 않았다.

벨라라면 언제나 내 곁에 있으리라는 막연한 믿음과, 나여주의 치기 어린 히스테리 정도는 얼마든지 받아줄 수 있을 거라는 안일한 생각 때문에 빚어진 사고였다.

정작 나조차도 나여주의 정체를 파악하기 전까지는 나여주에 대해 그토록 불편하게 생각한 주제에 말이다.

'그래, 모든 것은 내 책임이다.'

가디언의 주인으로서 벨라가 사람과 같은 감정을 지닌 존재임을 머릿속으로 알고서도 미련한 짓을 한 내 책임이었다.

그러나 나여주는 이런 내 말에 동의하지 않는 듯싶었다.

탁!

"무슨 소리야! 내가 그 엘프를 찾자는 게 내가 잘못했다고 생각해서 그러는 거 같아? 나는 그냥……!"

자신의 머리를 흩트리는 내 손을 소리 나게 쳐낸 나여주는 불퉁한 얼굴로 그렇게 외쳤지만, 막상 뒷말은 더 이상 이어지지 않았다.

'뭐, 이 녀석 자존심에 저만큼도 대단한 걸 테지.'

자존심으로 똘똘 뭉친 여자가, 그것도 불과 얼마 전만 해도 NPC라는 존재를 하찮은 시스템상의 존재로만 치부하던 그녀가 벨라를 위해 저렇게 말할 수 있게 되었다는 것만으로도 놀라운 발전이었다.

나는 할 말을 찾지 못하고 혼자서 씩씩, 분을 삭이는 나여주를 뒤로한 채 다시 펭귄 왕을 돌아보며 물었다.

"아마 우리에게 줄 게 있으실 텐데?"

나의 날카로운 시선에 펭귄 왕이 나를 마주 보다가 길게 웃어 보였다.

"이거 어떡하지?"

"어떡하긴? 도로 내다 버려야지."

"아니, 그럴 거면 왜 마을까지 데리고 온 거야?"

수군수군, 시끌시끌―

주변을 가득 메운 시끄러운 소리, 그녀의 예민한 청각을 파고드는 뾰족한 음성들에 차마 더 이상 잠을 청할 수 없던 벨라는 부루퉁 입을 내밀며 자리에서 일어났다.

"아, 누가 잠자는데 옆에서 이렇게 시끄럽게 굴어!"

평소 성질대로 발로 펑펑 이불을 내차며 자리에서 일어선 그녀는 문득 자신을 향한 시선이 생각보다 많다는 사실을 깨달았다.

그리고.

"끼야아아아아악!"

"우아아아악!"

자신의 가장 가까이 있던 인영의 검푸른 얼굴을 보고 비명을 지르자, 그녀의 비명을 들은 인영 역시 소리 높여 괴성을 질렀다. 그러다 불쑥 날아온 막대기 하나가 괴성을 지르는 인영의 뒷통수를 때렸다.

따악—!

"케—헥!"

"시끄럽다, 이눔아!"

정확히 인영의 뒷통수를 가격한 그 나무 막대기는 임무를 마치자 마치 부메랑처럼 그걸 던진 인물에게 돌아갔고, 이 모든 광경을 지켜보던 벨라는 눈을 휘둥그레 뜨며 물었다.

"누, 누구세요?"

"그건 내가 할 소리야! 그보다 소리는 왜 지른 거야! 너 땜에 맞았잖아!"

다시 불쑥 머리를 들이미는 검은 인영은 엘프를 연상시키는 뾰족한 귀에 가는 선이 살아있는 아름다운 얼굴, 그리고 깊이를 알 수 없는 새카만 눈동자가 인상 깊은 검푸른 피부의 남성이었다. 그리고 이런 모습은 그 혼자만의 특징이 아니였다. 벨라를 둘러싼 많은 이들, 남녀노소를 구분하지 않고 모두가 가진 특징이었고 이를 본 벨라는 깊게 침음했다.

"다크… 엘프……."

"그래, 우리는 다크 엘프지. 그래서… 중간계의 엘프인 그대는 무슨 일로 이곳에 왔는가?"

다크 엘프들의 정체를 알아차린 벨라의 말에 대답한 것은 조금 전 나무 막대기를 부메랑처럼 던진 인물로, 바닥에 앉아 있는 다른 다크 엘프들과 달리 몇 겹의 높은 방석에 앉아 있어 그가 이곳에서 꽤 높은 위치에 있음을 알게 해주었다.

'촌장? 우리 장로님 정도려나?'

그 엘프의 모습은 잘해봐야 중년인 수준의 외견을 갖고 있었지만, 엘프들의 긴 수명을 생각하면 이미 옛적에 수백 살을 넘겼을 것이다. 벨라는 경험상 마을의 장로급 인사가 저 정도의 외견을 하고 있었음을 기억할 수 있었다.

"흠… 우리 엘프 아가씨는 생각이 너무 많은 것 같군…….뭐, 갑자기 이런 곳에 떨어졌다면 이해 못할 것은 아니지만, 연장자를 너무 오래 기다리게 하면 실례라네."

"아, 아… 저는 그저…….."

나이 든 엘프의 말에 당황한 벨라가 말을 더듬자, 구원자로 나선 것은 꽤 의외의 인물이었다.

"할아버지는 그게 문제야! 얘가 지금 정신이 있겠어요? 그리고 말하는 것도 그래, 그냥 빨리 대답하라고 하면 되지, 그걸 또 뭐 대단한 얘기한다고 주저리주저리… 케헥!"

따─악!

경쾌한 소리와 함께 막대기에 맞아 고개를 푹 숙인 남자 다크 엘프는 고통스러움에 머리를 벅벅 문지르면서도 기죽지 않은 눈으로 나이 든 다크 엘프를 노려보며 말했다.

"우씨! 맨날 때리기만 하고! 그러니까 내 머리가 자꾸 나빠지지! 맨날 머리 나쁘다고 머리만 때리면서 머리 좋아지길 바라면 어떡해요? 최소한 머리나 때리지 말던가!"

"그래, 요놈아. 어디 머리 말고 다른 데 맞아봐라!"

쒸이익— 퍽!

"크헉!"

지금까지와는 차원이 다른 속도로 날아든 막대기는 그가 바란 대로 머리가 아닌 가슴 한복판에 꽂혔고, 방금 전까지 몇 번이나 머리를 맞고도 맷집 좋게 일어서던 모습과는 달리 다크 엘프는 가슴에 막대기를 꽂은 채 더 이상 몸을 일으켜 세우지 못했다.

"에잉~ 쯧쯧! 한심한 놈 같으니……. 저 녀석 치우는 김에 다들 나가보게."

그렇게 기절해 버린 젊은 다크 엘프를 한심하다는 눈으로 바라보던 막대기의 주인은 손짓으로 쓰러진 다크 엘프와 다른 모두를 물렸다. 그러고는 멋쩍은 웃음을 지으며 벨라를 보았다.

그리고 이 모든 꼴을 멍한 표정으로 지켜보던 벨라는 문득 이 다크 엘프가 질문한 것이 떠올랐다. 그녀는 뒤늦게 자신이 여기까지 오게 된 경위를 풀어놓았다.

"으음… 우선 저는 중간계의 케이안 숲, 케이안 엘프 마을의 전사, 벨라라고 합니다. 그리고 제가 마계에 온 건 제 주인… 아니, 제 의지였어요. 동료 마법사가 심해왕에게 마나를 빼앗겨서 그녀를 구하려면 반드시 마계에 와야만 했거든요. 뭐 결과적으로 마계에 온 것만으로 치유가 된 것까진 좋았는데, 제가 일행과 크게 다퉜거든요……. 물론 제가 다 잘못한 일이에요. 제가 화를 참지 못했고… 남들을 이해하는 배려심도 적고… 그때는 너무 화가 나서… 어차피 제가 아니더라도 저희 일행은 충분히 강하니까 마계에서 제가 없어도 될 테고… 그런 생각이 들다 보니… 일행과 떨어져서 뛰쳐나오게 됐는데……."

"흐음… 남자 문제구만."

흠칫!

주저리주저리 두서없는 사연을 쏟아내던 벨라는 연장자의 연륜이라고 표현하는 것조차 부담스러울 만큼 핵심을 정확하게 찌르는 그의 말에 흠칫 몸을 떨었다.

그러자 그런 벨라의 반응이 재밌다는 듯, 나이 든 다크 엘프가 말을 받았다.

"나, 마음의 상처를 잔뜩 받았어요, 하고 얼굴에 잔뜩 써 있구만. 뭘 그렇게 놀라나? 게다가 그 주인이라는 사람에 대해 얘기할 때 아련한 표정하며… 싸움의 원인이 됐다는 동료 마법사는 여자인가 보지? 그것도 엘프인 자네 미모로도 장담 못할?"

모든 것을 속속들이 꿰고 있다는 듯 빙글빙글 웃으며 그녀의 아픈 가슴을 콕콕 찔러대는 나이 든 다크 엘프였지만, 벨라는 그런 고통 속에서도 그의 신통방통함에 놀라 고개를 끄덕일 수밖에 없었다.

"후후후… 게다가 자격지심이 심하구만? 스스로 필요가 없다고 생각했다란 말이지……. 아마도 상대적인 거였겠지. 이제 그 동료 마법사에 비해 스스로가 볼품없어서 일행에 도움이 안 될 거다란 생각을 한 거고."

질끈.

실로 그랬다.

그녀가 나여주에게 자격지심을 갖게 된 계기는 단순히 그녀가 점액질 보스에게 잡혔을 때, 스스로가 짐이 된다는 생각이 들었기 때문만은 아니었다.

당당한 엘프족 전사인 벨라는 위험과 역경을 통해 성장하며, 힘든 일은 그보다 더욱 큰 힘으로 헤쳐 나간다. 힘이 모자라다면 스스로의 노력과 단련으로 그 일을 해결하는 부류였다.

그런 그녀에게 있어 점액질 괴물에게 잡힌 그 순간은 분명 대로에게 너무도 미안하고 그녀 스스로에게도 부끄러운 일이었지만, 그것이 그녀를 좌절시키지는 못했다.

오히려 그 일은 스스로를 더욱 단련하게 하는 계기가 되어 다음에는 절대 그런 일이 없도록, 그녀가 맡은 일행의 방패 역할을 하기 위해 부단히 수련하는 결과를 이끌어냈다.

하지만 나여주의 행동이 그녀에게 혼란을 가져왔다.

갑작스레 그들 일행 앞에 나타나 여태껏 함께해 온 제로에게 친한 척하며 끼어든 나여주라는 마법사는 단숨에 일행 내에서 벨라가 갖고 있던 역할을 앗아가기 시작했다.

벨라가 점액질 괴물에게 잡혔을 때, 나여주의 마법은 제로를 돕는 결정적인 역할들을 수행했다. 심해왕의 신전에 들어갈 무렵에는 벨라보다도 먼저 마법으로 제로를 보호했으며, 또한 오랫동안 함께 여행을 한 엠페러는 벨라와는 매일 투닥거리며 싸우던 것과 달리 나여주 앞에서는 순한 양이 되어 그 친밀함을 과시하기도 했다.

그동안 일행을 지키는 중심이자 동시에 강력한 공격의 상징이던 벨라의 방패는 나여주의 강력한 마법에 비해 거추장스럽기만 했고, 심지어 약하기까지 했다.

이에 벨라는 스스로에게 질문을 던지지 않을 수 없었다.

과연 내가 가디언으로서 가치가 있는 존재인가?

일행에 도움이 될 수 있는가?

나는… 제로의 곁에 서기에 부족함이 없는가?

으득—

자신이 던진 질문에 차마 대답을 하지 못한 벨라는 저도 모르게 이를 갈고야 말았다.

그 대답을 너무나도 잘 알지만, 차마 입밖으로 내뱉을 용기가 없어 도로 목구멍 속으로 집어삼키는 자신이 너무 부끄럽고 한심해서 그녀는 자신의 고르게 난 치아를 괴롭혔다.

차라리 이대로 이가 망가져서 말을 할 수 없게 된다면 대답할 필요가 없을 것을.

이런 모습을 가만히 지켜보던 나이 든 다크 엘프가 말했다.

"힘이 필요한가?"

퍼뜩!

벨라는 저도 모르게 고개를 치켜들고야 말았다.

조금 전까지 천근만근 축 늘어져 있던 몸은 그녀가 절실히 바라던 것에 반응해 절로 몸을 일으켰다.

그리고 문득 든 생각에 몸을 떨었다.

지금 그녀에게 말을 건 상대의 정체 탓이다.

'다크… 엘프……'

다크 엘프라 함은 마기에 침식되어 타락한 존재. 그들은 마나와 정령력을 사용하는 보통의 엘프와 달리 마기와 마력을 다루고, 정령력과 신성력에 부정당하며 신화와 전설 속에서는 마왕의 편에서 중간계를 침략해 오는 약탈자로 알려져 있다.

"힘을 원하는가?"

나이 든 다크 엘프는 다시 물었고.

벨라는 다시 한 번 몸을 떨었다.

그리고 고개를 저었다.

"호오?"

이런 벨라의 반응에 나이 든 엘프는 흥미롭다는 듯 입가를 비틀었고, 벨라는 자신의 선택에 스스로 놀라고야 말았다.

그토록 그녀 자신이 바라던 것이었다.

고개를 끄덕이기만 하면, 이들이라면 너무도 쉽게 그것을 그녀에게 전해줄 터였다.

그리고 그것만 있다면… 그녀는 자신을 밀어낸 나여주를 무릎 꿇리고, 그 앞에서 당당히 제로를 끌어안을 수 있을 것이다. 입맞출 수 있을 것이다.

자신의 탐욕을 마음껏 드러낼 수 있을 것이다.

그런데… 왜?

흠칫!

'내, 내가 지금 무슨 생각을?'

벨라는 조금 전 자신이 생각한 것들을 다시금 되새기며 창백한 얼굴이 되었다.

분명 힘이란 것은 그녀가 바라마지 않은 것이지만, 그녀가 원하는 결과는 결코 이와 같은 잔혹한 모습이 아니었다.

그녀가 힘을 통해 이룩하고자 하는 것은 잃어버린 일행의 신뢰, 자신에 대한 믿음이다.

"다행히 욕망에 물들어 정신을 못 차리는 수준은 아니군."

"예……?"

자신의 생각에 당황스러워하던 벨라는 문득 들려온 목소리에 고개를 들어 나이 든 다크 엘프와 눈을 맞췄다가 흠칫 뒤로 물러나고 말았다.

그의 두 눈이 마치 핏물을 머금은 듯 선홍빛으로 빛나고 있던 탓이다.

"후후, 대단해. 어린 나이로 보이는데, 내 정신 마법에 대항할 수 있을 만큼의 정신 수양을 쌓았다는 건가? 케이안 마을이라… 언제 한 번 기회가 되면 꼭 들러봐야겠어. 이만한 전사를 길러내다니……."

감탄에 마지않는 나이 든 다크 엘프의 목소리를 들으면서 벨라는 그제야 자신이 이 다크 엘프에게 시험당하고 있었음을 깨달았다.

그리고 자신이 생각한 그것들이 자신의 진심이 아니었음에 안도의 한숨을 내쉬었다.

"하지만 그게 완전히 가짜는 아니지."

흠칫!

마치 그녀의 마음을 읽기라도 하듯, 자신의 생각을 부정하며 안심하는 벨라의 귓가에 들려온 나이 든 다크 엘프의 말은 그녀에게 있어 청천벽력과도 같았다.

"정확히 말하자면 조금 전 자네가 떠올린 것들은 자네의 욕망을 최대한 자극시켜 만들어낸 환상으로⋯ 뭐, 굳이 따지자면 쪼오끔은 그럴 생각이 있다는 말이지."

"그, 그런⋯⋯."

벨라는 자신의 본심이 그런 데에 있다는 것에 일순 얼굴을 창백하게 군혔다.

힘을 얻은 자신이 원하는 것이 그런 것이라니, 나여주를 무릎 꿇리고 그 앞에서 빼앗기라도 하듯 제로를 끌어안는 것이라니⋯⋯.

화끈.

일순 그다음을 떠올린 벨라의 얼굴이 불에 달군 것마냥 붉게 달아올랐다.

"킬킬킬⋯ 젊다는 건 좋은 거야. 어디까지 생각했는지는 모르지만⋯ 뭐 어떤가? 그 정도는 괜찮을 거라고 생각하는데?"

여전히 마음속을 다 읽고 있다는 듯, 나이 든 다크 엘프가 음흉한 미소를 내비치며 말했다. 그의 얼굴에는 장난기가 가득했지만, 정작 벨라를 쳐다보는 시선은 진중하기 짝이 없었다.

그리고 마침내.

"이봐, 파울!"

"예, 촌장님."

언제부터였을까, 나이 든 다크 엘프의 말에 마치 처음부터 거기 있던 것처럼 구석에서 스르륵 몸을 드러낸 또 다른 다크 엘

프는 보통의 엘프들과 달리 굉장히 울퉁불퉁한 체형의 소유자
였다.

"자네, 저 방패 봤지?"

번뜩—!

"그렇습니다."

언제나 벨라의 옆에 있던 방패는 칙칙한 주변 분위기 탓인지
주인의 마음마냥 어두운 광택을 뿌리고 있었지만, 그걸 보는 파
울이라는 사내는 굉장한 보물을 보는 것처럼 형형한 안광을 내
비치고 있었다.

"그래, 어떻게 저게 중간계 엘프의 손에 들어갔는지는 알 수
없지만… 어쨌든 그들로선 드물게 진짜배기 전사로 키워진 아
가씨야. 자네라면 그녀를 한 단계 더 끌어올릴 수 있을 거라고
생각하네. 그리고 아가씨."

"네? 아, 예!"

멍하니 그들의 대화를 듣고 있던 벨라는 자신을 부르는 촌장
다크 엘프의 말에 퍼뜩 정신을 차렸다.

"저 파울이라는 친구는 우리 부족에서도 손꼽히는 전투술의
달인일세. 아마 엘프 아가씨가 원하는 힘을 줄 수 있을 거야."

"하지만 저는……."

원하는 힘을 준다는 말에 눈동자가 흔들린 벨라였지만, 그녀
는 여전히 이를 받아들일 수 없었다. 다크 엘프라는 종족이 지

닌 힘의 근원이 무엇인지 순수 혈통의 엘프인 그녀는 누구보다 잘 알고 있었기 때문이다.

"후후… 마기 때문이라면 걱정할 필요 없어. 말했다시피 파울은 육체파의 투술사. 아가씨가 생각하는 다크 엘프의 고유 마법과는 관계없으니……."

"그렇다면… 배울래요!"

이 다크 엘프가 어째서 자신에게 이런 호의를 베푸는지 그녀로선 알 수 없었다. 다만 이유 없는 호의란 없다는 것만을 짐작할 뿐.

하나 그럼에도 그녀는 힘차게 대답했다. 이 호의에 대한 대가가 무엇이든 간에 엘프로서 해서는 안 되는 일을 시키지 않는다면, 얼마든지 지불할 용의가 있었다.

촌장의 입가엔 만족스러운 웃음이, 파울의 두 눈에는 기광이 번뜩였다.

"그래… 그럼 수고하도록 하게."

"자, 따라나와라. 지금 당장 시작하도록 하지."

촌장의 인사와 동시에 앞으로 나선 파울은 아직 자리에 앉아 있는 벨라를 불러냈고, 허겁지겁 방패를 챙겨 든 벨라가 촌장에게 고개를 숙여 인사를 하곤 자리를 떠나갔다.

그렇게 아무도 없는 공터에 혼자 남은 촌장이 어느새 다시 손에 든 나뭇가지의 끝 부분을 담뱃대마냥 물고 중얼거렸다.

"케이안 숲이라… 아직도 남아 있던 것인가."

회한에 찬 그의 눈동자 위로 마계의 숲과는 다른, 싱그러운 녹음의 그림자가 드리워졌다.

❖   ❖   ❖

〔록 클로저의 위장 망토

내구도 : 5000/5000

방어력(공통) : 100

착용 제한 : 없음

추가 옵션 : 바위 기반의 조형물 위장 / 위장 상태에서 감각 둔화 / 위장 상태에서 방어력 +2000 추가 상승

설명 : 바위 마수 록 클로저의 가죽을 마법으로 무두질 한 망토. 자연 친화적인 패턴과 형태로 장비의 효과를 발 동하면 착용자의 의지에 따라 바위를 기반으로 한 조형 물로 위장할 수 있다.〕

〔펭귄 수영 슈트(프리미엄)

내구도 : 300/300

방어력(공통) : 30

착용 제한 : 없음

추가 옵션 : 물속에서 올 스탯 +100 / 수영 스킬 강화 / 전기 속성 모든 효과 50% 감소 / 찢어지지 않음

설명 : 펭귄 왕국에서 왕국 경제 활성화를 위해 내놓은 전 종족용 브랜드 수영복. 특수 재질의 슈트라 작은 고무 풍선 같은 형태이나, 엄청난 신축성으로 갑각류 미수가 입어도 찢어지지 않고 몸에 꼭 들어맞는다. 다만 뛰어난 보온력으로 인해 각종 변온 동물형 미수 등은 착용에 주의가 필요하다.〕

"…내가 바란 건 이런 게 아니었는데 말이지."

펭귄 왕국의 왕궁에 마련된 탈의실.

나는 몸에 딱 달라붙는 새카만 고무 슈트와 그 위에 걸친 바위 문양이 그려진 망토를 보면서 쓴웃음을 흘렸다.

분명 몽마족의 영역에 잠입해야 하는 우리에게 있어 반드시 필요한 장비들이긴 했지만, 내가 바란 것은 우리의 부족한 전력을 충당해 줄 강력한 무기들이었다.

우리의 실력이 마계를 기준으로 어느 정도에 해당하는지는 알 수 없지만, 마족 한두 명을 상대로 하는 것도 아니고 자그마치 한 종족의 본거지에 쳐들어가는 상황이다. 아무리 강하다고 한들 위험할 것이 자명한바, 우리에겐 강력한 힘이 필요했다.

'물론 비슷한 게 있긴 하지만…….'

나는 손에 들린 수류탄 모양의 검은 고무풍선을 보며 신신당 부하며 이것을 건네던 펭귄 왕의 말을 떠올렸다.

"이것은 정말 위급 상황에서만 써야 할 거야……. 우리가 만든 물건이긴 하지만, 그 효과가 너무 강력해서 차마 실전에서 사용하지 못하고 엄중히 보관만 해오던 것이니 말이야."

그렇게 말하며 건네준 이 검은 고무풍선은 그다지 물을 넣은 보통의 물 풍선과 다를 바 없어 보였지만, 그 가운데에는 펭귄 왕국에서 만드는 제품임을 인증하는 마크가 그려져 있었다. 펭귄이 엄지를 치켜든 모습과, 품질 수준을 나타내는 4개 하고도 반 개의 별.

'이런 걸로 왕국의 사활을 걸었단 말이지?'

펭귄 그림 아래에 써 있는 '별이 네 개 반!' 이라는 문구를 보면서 어쩌면 이 왕국이 망한 것은 이런 쓸데기 없는 사업을 벌여서 그런 것은 아닐까 하는 생각이 들었다.

'별이 네 개 반은 뭐야……. 애매하잖아.'

어쩐지 구매 욕구를 감퇴시키는 미묘한 별 개수에 인상을 찌푸릴 때쯤, 탈의실에 슈트를 입으러 들어갔던 나여주가 나타났다.

"으음… 이거 가슴이 좀 끼는 거 같은데……."

"크흡!"

"케헥!"

탈의실 커튼을 제치고 모습을 드러낸 나여주의 모습은 밖에서 그녀를 기다리던 나와 엠페러에게 호흡 곤란을 선사했다. 슈트 장비의 특성상 모든 장비를 해제하고 맨몸에 착용해야 하기에 그녀의 굴곡진 몸매가 여과 없이 드러난 탓이다.

"자, 잠깐! 너 뭘 보는 거야!"

탈의실을 나와 가슴의 답답함을 호소하던 나여주 역시도 우리의 반응을 보고서야 자신의 모습을 되돌아본 듯 그제야 가슴을 가리고 섰지만…….

'실루엣만으로 충분히……!'

그녀가 입은 새카만 슈트는 마치 조명을 비춘 커튼 뒤에 선 미녀의 실루엣을 보는 듯하여 오히려 남심을 자극하는 효과가 있었다.

그렇게 호흡이 곤란한 와중에도 자신으로부터 시선을 떼지 않는 나와 엠페러의 모습에 인상을 잔뜩 찌푸린 나여주가 마침내 마법을 발휘했다.

"이 멍청이가! 쇼크 웨이브!"

파츠츠츠츠!

"자, 잠깐! 으케에엑!"

"으갸갸갹!"

장비를 모두 벗은 탓인지 맨손에서 발휘된 나여주의 마법은 위력은 현저히 떨어져 있었으나, 전격 마법의 특성을 그대로 갖고 있는 탓에 피할 수가 없었다.

하나 그것도 잠시.

"게에에에… 응?"

"…엥?"

"이, 이거 왜 이래?"

비록 마법력을 강화하는 장비의 도움이 없다고는 하지만 200레벨 대의 마법사가 펼친 마법이었다. 거기에 나와 엠페러 역시 장비는 아무것도 없는 상황, 아무리 슈트의 효과로 전격계 공격의 방어력이 높다고 해도 이렇게까지 멀쩡한 것은 쉽사리 이해가 가지 않았다.

"호오… 이게 슈트의 위력인가?"

의외의 상황에 장비의 설명을 상세하게 읽어보던 내가 발견한 것은 '전기 속성 모든 효과 50% 감소'라는 문구였다. 방어구에 달린 효과이니만큼 보통이라면 전기에 대한 저항력이 50% 상승한다고 생각할 수도 있었지만, 만일 정말 그런 효과를 가진 것이었다면 내가 가진 다른 장비들처럼 '효과 저항력 +'로 표기가 되었을 터다.

하나 이 장비에 달린 옵션은 전기와 관련한 모든 효과가 절반으로 감소하는 것으로, 적의 공격뿐 아니라 적을 향한 공격 효과조차 반감된다는 의미였다.

"흐음… 이건 좀 조심해야겠어."

비록 파티원 중에 전기 공격이 가능한 것은 나여주뿐이라곤 하지만 맨몸인 우리 중 가장 강력한 파괴력을 지닌 것 역시 마법사인 나여주인바, 우리로선 미리 유의해 두어야 할 점이었다.

그사이 자신의 전격 마법이 반감되었음을 깨달은 나여주가 잽싸게 탈의실로 돌아가 록 클로저의 망토를 두르는 것으로 소란은 진정되었지만, 나여주는 자신의 실수로 인해 남자 앞에 반벌거숭이로 서 있었다는 사실이 분한 듯 씩씩거리는 표정으로 나를 노려봤다.

"크흠… 일단 기본 준비는 끝난 건가?"

애써 나여주의 시선을 피한 나는 각자 슈트와 망토를 갖춰 입은 일행을 보면서 우리에게 이 장비를 전해준 펭귄 왕이 나타나길 기다렸다.

장비는 건네받았지만 정작 몽마족이 있는 위치는 전해 듣지 못했기 때문이다.

달칵—!

그리고 때마침 배낭을 비롯해 여러 자질구레한 것들을 옆구리에 낀 펭귄 왕이 보무도 당당하게 탈의실에 들어섰다.

"호오~ 역시 생각대로 잘 어울리는구만!"

나를 비롯해 엠페러와 나여주가 입고 있는 슈트는 그 위에 걸친 망토 덕분에 겉으로 그 형태가 잘 드러나지 않았지만, 어째 선지 펭귄 왕의 게슴츠레한 눈에는 망토 속이 모두 비춰 보이기라도 하는 듯, 펭귄 왕은 연신 침을 튀기며 우리의 모습을 칭찬하고 있었다.

"흰소리는 그만하고… 이렇게 된 거 최대한 빨리 해결해 볼 생각이니 몽마족이 어디 있는지 알려줬으면 좋겠어."

맞상대할 능력이 없어서 위장 잠입용 장비를 풀 세트로 갖춰 입은 것치곤 어처구니없을 만큼 당당한 태도였지만, 펭귄 왕은 이를 문제 삼지 않았다. 아니, 오히려 좋아라 했다.

"후후, 역시 자네들은 불사의 몸이라 그런가? 죽음이 두렵지 않은 게로군. 우리 왕국민들도 본받았으면 하는데 말이야."

"정확히는 불사가 아니라 죽긴 죽어. 시간이 지나면 다시 부활할 뿐이지. 우리도 죽는 건 마찬가지야."

물론 그것만으로도 한 번의 죽음으로 끝나는 보통의 NPC들에 비해 크나큰 혜택이지만, 여러 번 죽음을 겪는 것도 결코 좋은 일만은 아니었다.

'그 덕에 막무가내로 굴려지기도 했으니 말이지.'

케이안 숲에 있을 적만 해도 무한히 부활하는 탓에 칸 아래서 무던히도 구르지 않았던가. 물론 결과적으로 나 자신도 많은 성장을 했고, 벨라의 능력도 끌어올릴 수 있었지만… 그렇다고 죽음이 익숙해질 정도는 아니었다.

'그러고 보니 벨라는 지금쯤 어떻게 됐을까?'

벨라의 능력을 생각해 보면 쉽사리 어디에서 당하지는 않았을 것이다. 하지만 지금의 벨라는 강제로 가디언 계약을 해제한 페널티로 능력치의 하락을 겪고 있을 것이다. 그러니 미지의 위험으로 가득한 마계에서 어떻게 됐을지 알 수가 없었다.

'벨라를… 믿는 수밖에.'

그것밖엔 답이 없었다.

물론 내 마음은 당장이라도 퀘스트고 뭐고 간에 벨라를 찾아나서고 싶은 것이 솔직한 심정이었지만, 그것이 현실적으로 불가능함을 알고 있기 때문에… 결국 나로선 지금 당장 할 수 있는 것에 최선을 다하는 수밖에 없었다.

'그나마 이 퀘스트를 완료하면 펭귄 왕의 도움을 얻을 수 있을 테니까……'

펭귄 왕과는 약속한바가 있었다. 이번 임무를 완료하면 벨라의 수색을 도와주기로 말이다.

물론 공중인도 없는 상태에서 구두계약을 한 탓에 정식 보상으로 퀘스트 내용에 추가된 것도 아니고, 펭귄들이 실제 수색에 큰 도움이 될 거라는 보장도 없었지만 최소한 이 넓은 마계를 우리 일행끼리 헤매고 다니는 것보다는 훨씬 현실성 있었다.

"자, 그럼 이 지도를 보게."

촤라락—

그렇게 말하며 펭귄 왕이 꺼낸 것은 옆구리에 끼고 있던 여러 잡동사니 중 유달리 두터운 두께를 자랑하던 종이였다.

펭귄 왕의 옆구리에 있을 때는 손바닥보다 조금 큰 공책만 하던 것이 막상 펼치니 사람 하나가 위에 대자로 드러누워도 될 만큼 커다란 지도가 되었다.

"자, 이게 마계 남부 지도네. 대대로 마수족이 지배해 온 영토지."

"이게… 한 지역의 지도라고? 전체 지도가 아니라?"

"그래, 옛날엔 우리 펭귄 왕국의 영토이던 곳이기고 하고 말이야."

가히 제국의 영토라고 해도 좋을 광활한 지역이 세세하게 표시된 마계 남부 지도는 펭귄 왕국의 얼음 대지를 중심으로 그 주변을 표기한 지도였다.

"일반 마족들은 그럼 다른 지역에 흩어져 있는 건가? 남부가 마수족의 영토라는 것을 보면 남부 마족이 특별히 약하거나 개체 수가 적은가 보군."

그게 아니라면 마계에서 이곳 남부가 가장 지리적으로 열악한 환경을 가지고 있을 수도 있다. 당연히 마족이 마수보다 강할 테니까.

'그렇지 않고서야 마족이란 녀석들이 이렇게 넓은 지역을 이런 펭귄들이 지배하도록 됐을 리가 없을 테니까.'

하지만 이런 내 생각을 비웃기라도 하듯, 내 말을 들은 펭귄 왕은 버럭 역정을 내며 말했다.

"무슨 그런 무례한 말을! 우리 마수족이 비록 귀족급 마족들에 비해 한 수 떨어진다곤 하지만 그렇다고 우리가 약하다는 의미는 아니지! 우리가 남부를 지배하고 있을 때는 귀족급 마족들조차도 남부에 발을 딛기 전에 나의 허락을 받아야 했을 정도라고!"

"…그런데 왜 지금은 이런 꼴인 거야?"

그 옛날 자신들의 영화를 주장하는 펭귄 왕이었지만, 지금의 모습을 보면 도저히 믿어줄 수 없는 이야기였다.

"그건 우리가 마수족의 신물을 잃어버린 탓이지. 수백 년 전 마계의 대전쟁 속에서 생겨난 균열이 중간계와 마계를 잇는 비틀림을 만들어냈고, 그 틈새로 우리의 신물이 빨려 들어가 버렸으니까!"

"그게 중요한 거였나 보지?"

"중요하고말고! 우리 마수족을 일치단결시키는 신물이었고, 동시에 우두머리인 우리 펭귄 족의 힘을 극대화시키는 아주 특별한 효과를 지닌 물건이었지. 그래서 안전하게 최후방에 봉인해 두었는데… 하필 그 자리에 차원의 균열이 일어나 몽땅 집어삼켜 버릴 줄 누가 알았겠나?"

"흐음……."

어쩐지 변명처럼 들리는 펭귄 왕의 말에 내가 의심의 눈초리를 보내자, 만난 이래 앙숙마냥 그와 싸우기만 하던 엠페러가 펭귄 왕을 지원했다.

"아부지 말이 맞다, 주인! 내가 그 균열에 빨려 들어갔었다! 그때 신물도 함께 사라졌다!"

"그래, 바로 그랬지! 그땐 아직 어린 너를 신물과 함께 후방에 뒀는데 전쟁을 하고 와보니 모두 사라져 버렸지 뭐냐!"

"호오."

어쩐지 케이안 숲의 북쪽 숲의 왕이라 불리던 엠페러가 마계의 펭귄 왕을 두고 아버지라고 부르는 것이 선뜻 이해가 안 갔는데 그런 사연이 있었나.

그때, 문득 생각났다는 듯 엠페러가 말을 이었다.

"맞다! 그리고 보니 아부지!"

"응? 뭐냐, 아들!"

오랜만에 합이 맞은 탓인지 서로를 부르는 호칭에 정겨움이 담겨 있었고, 펭귄 왕은 이곳에서 엠페러를 만난 이래 처음으로 엠페러를 아들이라고 불렀다.

"그런데 왜 안 찾으러 왔나?"

"…응?"

"나 잃어버린 거 알면서 왜 안 찾으러 왔나?"

"으응……?"

날카로운 눈으로 펭귄 왕을 쏘아보며 당장이라도 찌를 듯 부리를 삐죽 내미는 엠페러의 모습에, 펭귄 왕은 마치 실제 야생의 펭귄마냥 목을 쭉 뽑아 올리는 것으로 엠페러의 시선을 피하며 나에게 말했다.

"아, 그 몽마족의 영토는 지도를 보면 세세하게 나와 있을 걸세. 그리고 여기 이 가방엔 가는 데 필요한 것들을 여러 가지 챙겨놓았네. 가지고 가면 여러모로 도움이 될거야. 그럼 나는 이만 공사가 다망한 관계로……!"

"아부지! 해명하고 가라! 우리 엄마 초상화 옆에 걸린 저 여자는 누구냐! 빨리 말하고 가라!"

"아, 바쁘다, 바뻐!"

"왕국도 망한 판국에 아부지가 뭐가 바쁘냐!"

파다다닥! 후다다다닥!

날 수도 없는 날개를 파닥거리며 도망치는 펭귄과 짤막한 다리로 열심히 쫓아가는 펭귄, 그 둘을 주인공으로 한 콩트는 그로부터 한동안 계속되었다고 한다.

그그그긍―

묵직한 땅 울림과 함께 마계의 남서부 밀림에 모습을 드러낸 거대한 철제 문은, 그 육중한 몸매와 달리 의외로 열리는 순간에는 별다른 저항도 없이 부드럽게 내부를 비췄다.

하지만 그러한 문의 움직임과는 별개로 그 속에서 모습을 드러낸 것들은 사뭇 각진 표정으로 여러 각진 것들을 주렁주렁 매달고 있는 사람들이었다.

"여기가… 마계?"

"생각 외로 평범한데?"

"뭐가 평범해? 저 하늘 안 보여?"

밀림의 내부. 울창한 나무들 때문에 잘 보이지는 않지만, 군데군데 헤진 것처럼 트인 틈새로 마계의 보랏빛 하늘이 우중충하게 펼쳐져 있는 모습은 원한다면 얼마든지 볼 수 있었다.

"캬, 보라색 하늘이라! 운치 있네!"

"별게 다 운치 있다."

투덜투덜.

그렇게 말하며 앞으로 나서는 백색 로브의 남자, 백염의 마도사는 로브의 밑단이 밀림의 축축한 흙으로 더럽혀지는 것에 짜증을 내며 신발에 묻은 진흙을 주변 나무에 털어내기 시작했다.

탁탁— 후드득!

"야야, 그거 어차피 그래봐야 금방 또 지저분해질 건데 뭐하러 그렇게 터냐?"

철퍽! 철퍽!

백염의 마도사의 뒤에서 함께 모습을 드러낸 백광의 전사는 특유의 힘 있는 걸음으로 성큼성큼 그에게 다가왔다. 순백색 갑옷 위로 진흙이 잔뜩 튀겼지만 이에 개의치 않는다는 듯 껄껄 웃으며 신발을 터는 백염의 마도사를 타박했다.

"야, 이리 붙지 마! 흙 튀잖아! 내 로브는 니 갑옷이랑 달라서 흙 묻으면 세탁해야 한단 말이야!"

"아, 거참 까다롭네. 마계에 있는 동안 내내 그 로브만 입고 있을 것도 아니면서. 그래서 여기 탐험하고 다니겠냐?"

"남이사!"

흥, 콧방귀를 뀌며 팩 하고 고개를 돌려 버리는 백염의 마도사를 보며 백광의 전사가 쯧쯧, 혀를 찼다. 뒤이어 자신의 뒤편으로 하나둘 모습을 드러내는 바이저스 길드의 길드원 중 자신의 바로 뒤에 바짝 따라붙은 소년 기사를 돌아보곤 씩 웃어 보였다.

"하하, 잘 붙어 있구만! 우리 보급병 군!"

"하하, 예……."

등에 한아름 봇짐을 짊어진 채 멋쩍게 웃어 보이는 소년 기사는 바로 조금 전 마계 입구가 생성되는 지점에서 이들과 함께 대기하고 있던 소성진이었다.

조직의 힘을 등에 업고 바이저스 길드에 들어와 간부들과 가까이 지낼 수 있게 되었지만 그것을 대놓고 드러낼 수는 없는바,

소성진이 그들 곁에서 할 수 있는 것은 짐꾼밖에는 없었다. 물론 든든한 뒷배에 조직원들의 도움으로 끌어올린 높은 레벨이 있는 탓에 차기 간부로 내정되어 있었지만, 소성진으로서는 자존심이 상하는 일이다.

'쳇, 나도 빨리 필살기를 완성해야지 더러워서 해먹겠나.'

소성진이 차기 간부로 내정되어 있기는 하지만, 사실 간부가 되는 것은 그리 쉬운 일이 아니었다. 바이저스 길드의 모든 간부는 각자 특별한 별명을 지니고 있을 만큼 그에 걸맞는 특기나 그 분야의 정점에 이른 이들이었고, 그 기준을 만족해야만 바이저스 길드의 간부가 될 수 있었다.

그에 비해 소성진이 가진 것은 무식하게 높은 레벨뿐이었으니, 간부가 되는 조건을 만족하기 위해 소성진은 불철주야 자신만의 필살기를 연습하는 중이었다.

'그것만 완성되면……!'

바이저스 길드의 모든 간부들이 그런 것처럼 그도 얼마든지 유명해질 수 있으리라. 그러면 한창 리버스 라이프에 푹 빠진 나여주의 환심을 사는 것도 어렵지 않을 것이다.

…라는 순진한 소성진의 생각이었다.

"그나저나… 여기서 뭘 하면 되는 거지?"

"일단은 앞으로 가볼까?"

이벤트를 통해 마계로 들어서긴 했지만 사실 이벤트의 목적을 아는 사람은 아무도 없었다.

명불허전 리버스 라이프의 이벤트답게 자질구레한 온갖 정보만 뿌려놓고 정작 이벤트의 목적과 보상을 알려주지 않았기 때문이다.

"뭐 마계의 몬스터를 마구 때려잡으면 되는 건가?"

"그게 될 거라고 생각해?"

어쨌거나 새로운 지역에 들어왔으니, RPG 게임을 하고 있는 이상 가장 먼저 생각나는 것은 새로운 몬스터와 새로운 아이템들이었다. 마계의 몬스터들도 겁나지 않았다.

이곳 마계의 문을 통해 들어온 모든 유저들은 각자의 신을 통해 마계에서 능력이 강화되는 특별한 버프를 받은 상태였다.

이른바 신의 축복이라는 버프였는데, 마계에 있는 동안 무한히 지속되고 모든 스탯을 레벨에 따라 수백씩 뻥튀기시켜 주는 사기적인 버프였다.

마계의 몬스터들이 강력할 것은 자명하지만, 리버스 라이프의 랭커에 해당하는 간부들과 그들이 소속된 바이저스 길드의 정예 길드원들이니만큼 사기 버프를 받은 상태로 마계의 몬스터에 밀릴 거라고는 추호도 생각하지 않는 그들이었다.

하지만 그렇기에 더욱 신중했다.

'운영자들도 생각이 있지, 우리만 한 전력이 마계에 들어올 것을 예상 못했을 리가 없을텐데. 이만한 버프를 준 것을 보

면… 분명 이곳에 그에 어울리는 몬스터나 임무가 있다는 얘기
겠지.'

바이저스 길드에서 나름 머리 역할을 맡고 있는 백염의 마도
사의 생각이었다.

실제로 그의 생각은 그리 틀리지 않았다.

바이저스 길드처럼 강력한 전력을 지닌 파티 이상의 단체가
마계에 들어설 경우에 대해서도 철두철미한 박중혁 부장은 미
리 예견했다. 하나 그렇다고 무언가를 하지도 않았다.

백염의 마도사의 생각처럼 마계의 몬스터들은 버프를 받은
그들이라고 해도 쉽사리 상대하기 힘들 만큼 강력한데다, 이 이
벤트의 목적을 위해서는 그들 같은 강력한 전력이 반드시 필요
하기 때문이다.

'일단 주변을 좀 살펴볼까……?'

"저기! 무언가 옵니다!"

마계의 문을 넘어와 가장 먼저 도착한 곳에 베이스 캠프를 설
치할 생각으로 주변을 둘러보던 백염의 마도사는 길드원 중 탐
지 능력이 가장 뛰어난 길드원의 말에 행동을 멈출 수밖에 없었
다.

그의 말처럼 밀림의 한켠에서 소란이 이는가 싶더니 그 사이
로 무엇인가 모습을 드러낸 탓이다.

부스럭부스럭!

"어린 수인……?"

"크, 크흑! 어떻게 이런곳에 인간이!"

풀숲을 헤치고 나타난 것은 수인족의 남자아이였다.

얼굴형이나 신체 구조는 전체적으로 평범한 사람의 모습과 다를 바 없었지만, 어린 나이임에도 유달리 도드라진 구레나룻과 팔꿈치, 손등, 목덜미 등에 돋아난 북슬북슬한 털, 그리고 결정적으로 사람과는 달리 머리의 위쪽으로 뾰족하게 솟아오른 두 귀가 이 아이가 수인족임을 알려주고 있었다.

'마계 수인족인가?'

마계의 문과 관련한 정보가 떠돌자마자 나름대로 마계와 관련한 정보를 찾아본바 있는 백염의 마도사였다. 시간이 촉박한 관계로 많은 정보를 알아내지는 못했지만, 다행히도 마계의 수인족에 대한 정보도 읽었다.

"라이칸슬로프라……."

신화나 전설 속에서 많이 볼 수 있는 라이칸슬로프는 우리말로 하자면 늑대 인간이란 의미였다. 저주나 혼혈에 의해 탄생하게 되는 라이칸슬로프는 대개 인간과 늑대가 합쳐진 외형에 늑대의 힘을 지닌 종족으로 묘사되곤 하는데, 리버스 라이프에선 특이하게도 유독 라이칸슬로프만을 마계에 속한 수인족으로 분류해 놓고 있었다.

"다른 종족들도 많을 텐데 말이지……."

백염의 마도사는 자신들이 마계의 문을 통과한 지 얼마 지나지 않아 딱 적절한 시기에 나타난 라이칸슬로프 꼬마를 의심스러운 눈초리로 쳐다보며 관찰했지만, 그의 곁에 있던 백광의 전사는 보다 직접적으로 행동에 나섰다.

"꼬마야, 어딜 그렇게 급하게 가는 거니?"

"크르르릉……!"

나름 친절한 목소리로 말한답시고 빙글빙글 웃는 낯으로 라이칸슬로프 꼬마에게 다가섰지만, 중무장한 그를 상대로 라이칸슬로프 꼬마는 경계를 풀지 않았다.

"쯧쯧, 그 험악한 얼굴을 들이미니 애가 놀라잖아."

백광의 전사가 하는 꼴을 지켜보던 백염의 마도사는 혀를 끌끌 차며, 가느다란 손으로 그를 밀쳐내고 대신 라이칸슬로프 꼬마 앞에 서서 물었다.

"어디서 그렇게 다쳤니?"

움찔!

백염의 마도사의 물음에 움찔 몸을 떤 라이칸슬로프 꼬마는 실제로 온통 상처투성이였다.

밀림의 그림자와 아이가 입고 있는 어두운 색 옷에 가려 잘 보이지는 않았지만, 자세히 살펴보면 머리의 흐른 피를 닦아낸 자국이나, 여기저기 찢어진 옷들이 유달리 검붉은 빛을 띠고 있는 것이 보였다.

"누군가에게 쫓기는 것이냐?"

"……."

아이는 대답하지 않았지만 그것만으로도 충분했다.

"누구냐? 그것만 말하면 우리가 지켜주지. 우리가 인간이라 그다지 신뢰가 가지 않을지도 모르지만… 이래 봬도 우리는 중간계에서 이름을 날리는 몸이란다."

차분한 목소리로 말하는 백염의 마도사는 외형만 보자면 백광의 전사에 비해 한참 약해 보였지만, 그의 말에는 묘한 신뢰감을 주는 힘이 있었다.

"…지켜주는 걸로는 안 돼요."

마침내 입을 연 라이칸슬로프 꼬마의 말에 멀찍이 물러나 있던 백광의 전사는 물론 백염의 마도사도 의문스러운 표정을 했다.

"…우리를 구해주세요!"

띠링!

〔라이칸슬로프 종족 해방 ― 특수 이벤트 퀘스트

한때 마수족 대군의 선봉대장으로 불리던 라이칸슬로프는 수백 년 전 마족과 마수족의 전쟁에서 마수족의 신물이 사라진 뒤 급격하게 능력이 감퇴된 종족이다. 그들은 수백 년의 세월 속에서 나날이 약해져만 갔고, 지금에 와서는 마수족의 최약체로 평가받으며 근근이 명맥만을 이어가는 신세가 되어 다른 마수족의 먹잇감으로 전락하고야 말았다. 라이칸슬로프 족은 더 이상 자신들이 마계에서 살아갈 수 없음을 깨닫고 이주를 결심했다.

하나 마수족은 모두 마계의 마수왕에게 종속된바, 마수왕의 허락 없이 자신들의 터전을 떠날 수 없다. 엎친 데 덮친 격으로 마계를 벗어나려 하는 라이칸슬로프들을 괘씸히 여긴 마수왕은 그들에게 척살령을 내렸다.

신명을 받은 인간들이여, 당신들의 목표는 사라지기 직전에 이른 이 신의 피조물들을 구출하는 것이다. 이들을 도와 라이칸슬로프 족을 중간계에 정착시켜라!

시간 : 라이칸슬로프 멸종 전

보상 : 신규 종족 라이칸슬로프 개방, 라이칸슬로프 종족 해방자 칭호(참여자 전원), 라이칸슬로프 전용 레전더리 장비, 라이칸슬로프 종족 변환권(참여자 전원), 신탁의 기사 칭호(퀘스트 기여도 기준 상위 10명)

성공 조건 : 라이칸슬로프 족 10명 이상을 데리고 중간계로 이동, 마수왕 설득

실패 조건 : 퀘스트 포기, 라이칸슬로프 멸종

실패 페널티 : 라이칸슬로프 종족 영구 삭제]

꼬마의 외침과 함께 눈앞에 나타난 퀘스트 내용을 본 백염의 마도사의 눈이 크게 뜨였다.

'종족 개방 퀘스트?'

이건 대박이었다.

현재 리버스 라이프에서 선택 가능한 종족은 인간을 포함한 유사 인종인 드워프뿐.

그나마 드워프 족도 얼마 전 어떤 유저가 완료한 퀘스트 덕분에 추가된 것으로, 아직 그 수가 굉장히 적었다. 하지만 드워프 족은 인간 종족보다 훨씬 좋은 스탯을 지니고 시작하는 메리트가 있어, 종족 추가 이후 기존 유저들은 물론 신규 유저들이 대거 드워프 종족으로 몰리는 중이었다.

이 드워프 종족을 개방시킨 유저는 그 공로로 최초 귀족 작위를 받은 유저가 되었으며, 드워프 족과 관련해 특별한 혜택을 갖게 되어 그 능력을 바탕으로 현재 리버스 라이프의 돈을 갈퀴로 긁어 모으고 있었다.

그것도 정작 본인은 드워프가 아닌 인간 종족인 상태로 말이다!

그런데 지금 바이저스 길드, 그들 앞에 새로운 종족을 추가하는 퀘스트가 떡하니 나타났다. 백염의 마도사의 눈이 크게 뜨이는 것도 무리가 아니었다.

'라이칸슬로프는 드워프보다도 훨씬 전투에 특화된 캐릭터일 테지! 게다가 외형도 드워프 족에 비해 더 나으면 나았지, 못하진 않으니까……'

한창 주가를 올리고 있는 드워프 족이었지만, 드워프 족만이 가진 특별한 스탯과 스킬의 메리트에도 불구하고 인간 족이 여전히 성세를 누리는 데는 드워프 족의 신체적 특징이 많은 영향을 끼치고 있었다.

인간에 비해 훨씬 작은 키를 가진 드워프 종족의 특성상 커스터마이징으로 모습을 변경하는 데도 한계가 있다. 이 때문에 여성 유저들은 드워프 종족을 기피하는 편이었다.

뿐만 아니라 리버스 라이프의 시스템상 드워프 종족은 인간과는 다른 형태의 육체를 가지고 있는 탓에, 게임 싱크로율을 높이기 위해 종족 선택 전 글로리아 컴퍼니의 서비스 센터에서 정밀 신체 검사를 받는 불편을 감수해야만 했고, 이런 불편이 드워프 족을 꺼려 하는 현상을 만들고 있었다.

그에 반해 라이칸슬로프는 몇 가지 특징을 제외하면 인간과 완전히 똑같을 뿐 아니라, 그 특징들조차도 매력적이라고 할 만큼 그 외형이 멋있는 종족이다. 거기에 종족이 종족이다 보니, 유저들이 선호하는 전투에 적합한 스탯을 더 많이 가지고 있을 게 뻔하다.

그런 라이칸슬로프가 바이저스 길드의 힘으로 신규 종족으로 추가가 된다면 길드의 명성을 높일 뿐 아니라, 퀘스트 참여자에게 부여되는 종족 변환권으로 길드 전력을 한층 끌어올릴 수도 있을 터였다.

여기까지 생각이 끝났을 때, 백염의 마도사는 힘껏 외쳤다.

"수락! 수락한다!"

띠링!

〔퀘스트가 추가되었습니다.〕

경쾌한 알림음과 함께 울려 퍼지는 시스템 메시지를 흐뭇하게 바라본 백염의 마도사는 곧장 길드원 전원에게 퀘스트를 공유했고, 퀘스트 내용을 확인한 다른 길드원들도 눈을 번쩍 떴다.

그들 역시도 이 퀘스트의 가치가 어떠한 것인지 파악한 것이다.

탕탕!

"그래, 꼬마야! 우리가 구해주마! 적들은 어디 있냐?"

멀찍이서 공유된 퀘스트를 확인한 백광의 전사는 어느새 라이칸슬로프 꼬마를 밀착 호위라도 하듯, 가까이 붙어 서서 가슴을 탕탕 치며 적을 찾아 나섰다.

이에 조금 당황한 듯 그로부터 슬쩍 몸을 떨어뜨린 꼬마가 말했다.

"뒤, 뒤에요……."

"…응?"

순간 꼬마의 말을 이해하지 못한 백광의 전사가 반문을 하는 사이, 백염의 마도사가 아직 멀뚱이 선 길드원들에게 외쳤다.

"적이다! 이 애를 보호하는 걸 최우선으로 해라! 적습에 대비해라!"

우르르르!

백염의 마도사의 말에 재빨리 전투를 위한 대형을 잡는 바이저스 길드원들. 분명 숙련되고 절도 있는 모습이었지만, 그럼에도 적들의 난입을 막기엔 역부족이었다.

스커걱!

"크아악!"

"키히히힛! 꼬맹이 하나를 찾으러 따라나왔는데, 웬 인간 놈들이 이렇게 많이 모여 있는지 모르겠군. 그간 라이칸슬로프 놈들의 질긴 고기만 먹느라 턱이 아팠는데, 오늘은 야들야들한 인간 고기로 포식을 해야겠어!"

들어주기 힘든 광소와 함께 밀림의 그림자로부터 모습을 드러낸 것은 양손의 손가락이 갈고리처럼 생긴 넝마를 걸친 괴인이었다.

조금 전 공격당한 바이저스 길드원은 그런 괴인의 갈고리에 당한 듯, 등에 네 줄기의 기다란 상흔을 입은 상태였고, 괴인의 갈고리에는 방금 묻은 선홍빛 핏물이 뚝뚝 흐르고 있었다.

"이 녀석! 치사하게 기습을 하다니!"

단 일격에 전력에서 이탈하게 된 길드원을 보며 눈을 부라린 백광의 전사는 당장에라도 뛰쳐나갈 듯 허리춤의 검을 잡았다. 그러나 백광의 마도사가 그를 가로막았다.

"왜! 왜 못 가게 하는 거야? 고작 해야 적은 하나뿐이라고!"

"아니야……."

고개를 저으며 침음성을 흘린 백광의 마도사는 여전히 광소과 함께 군침을 흘리는 괴인을 침중한 눈으로 쳐다보며 중얼거렸다.

"하나가… 아니다."

"키히히히힛!"

"키케케켓!"

"키헤헤헥!"

백염의 마도사의 말과 함께 밀림의 그림자가 출렁였다. 동시에 울려 퍼지는 광소의 향연은 듣는 이의 모골을 송연하게 만드는 힘이 있었다.

"우리 포위됐다!"

"우라질! 하기야 종족 해방 퀘스트가 그렇게 쉬울 리가 없지."

신의 축복까지 받은 길드원을 단숨에 해치운 강적이 주변에 잔뜩 포진하고 있음을 확인한 바이저스 길드원들의 안색이 침중해졌다. 이를 가만히 지켜보던 넝마의 괴인이 싸늘하게 말했다.

"쳐라."

"막아라!"

와아아아아!

슈카가가각!

곳곳에서 절삭음과 비명성이 울려 퍼졌고, 대지는 적과 아군의 피로 새빨갛게 물들어 갔다.

바이저스 길드 특유의 흰색 복식이 새빨갛게 물들어 갈 무렵, 백염의 마도사가 거대한 백염의 구를 불러내며 외쳤다.

"바이저스는 지지 않는다……!"

투콰아아아아아앙!

백염의 구가 만드는 거대한 폭음 속, 싸움은 갈수록 치열해져 갔다.

바이저스 길드가 피와 비명이 난무하는 전장을 치르는 사이, 마계 곳곳에 열린 문을 넘어 들어온 이들에게도 비슷한 일이 벌어지고 있었다.

〔요마족 종족 해방 — 특수 이벤트 퀘스트〕
〔데스아머 종족 해방 — 특수 이벤트 퀘스트〕
〔궁마족 종족 해방 — 특수 이벤트 퀘스트〕
〔혼마족 종족 해방 — 특수 이벤트 퀘스트〕
〔……〕

"엥? 이게 뭐야?"

"종족 해방 퀘스트!"

"이것만 해내면!"

마계의 각지에서 동시다발적으로 발생한 이 퀘스트들은 각각의 마계의 문을 통과한 모든 유저들에게 자동으로 공유되었고, 동시에 모두가 같은 생각을 했다.

'반드시 내가!'

드워프 족과 관련한 일화는 이미 유저들 사이에서는 유명했다. 유저들은 모두 달콤한 꿈과 같은 보상을 생각하며, 퀘스트 수락과 함께 시작된 치열한 전투에 내던져졌다.

하지만 개중에는 조금 남들과는 다른 특별한 퀘스트 진행을 보이는 이들도 있었다.

〔다크 엘프 종족 해방 — 특수 이벤트 퀘스트〕

"으응? 종족 해방?"

"레드! 우리 이거 해결하면 엄청 유명해지는 거 아니야?"

"그건 당연한 거야, 블루! 게다가 엘프라니…! 비록 다크 엘프긴 하지만 드워프에 비할 바가 아니라고!"

알록달록. 빨강, 파랑, 초록의 쫄쫄이를 입은 세 남자가 신이 나서 덩실덩실 춤을 췄고, 뒤에서 이를 가만히 지켜보던 옐로우, 쫄쫄이를 아슬아슬하게 리폼해 입은 여자는 그런 그들을 한심하다는 듯 쳐다보며, 옆에 선 하얀 옷의 세 남녀에게 물었다.

"쟤들 왜 저렇게 좋아해?"

"뭐… 종족 해방 퀘스트라니까 어쩔 수 없겠지."

그렇게 말하며 자신에게 공유된 퀘스트를 확인하는 새하얀 갑옷을 입은 기사는, 자신의 옆에서 얼굴을 붉게 물들이고 있는 하얀 옷의 소년에게 물었다.

"그래, 아르덴. 너는 어떻게 생각하나? 우리가 이 퀘스트를 해결할 수 있을 것 같나?"

"그, 글쎄요. 저는… 잘… 워낙 어렵기도 하고… 저 바보… 아니, 저분들이……."

어쩐지 어눌하게 대답을 하는 아르덴의 모습을 보며 반 헐벗은 노란 쫄쫄이의 여자가 불쑥 대화에 끼어들었다.

"그냥 바보들이라고 해도 괜찮아. 뭣하면 좀 더 심한 욕도 상관없고."

"그, 그래도 일행 분들인데."

"괜찮아, 괜찮아. 나는 파티에 들어와 달라고 사정을 해서 들어온 거니까. 그냥 막 대해도 돼."

옐로우의 말에 조심스럽게 시선을 돌린 아르덴이 더듬더듬 용기를 내었다.

"그, 그런가요? 그, 그럼 저도 사정하면……"

스윽―

"오빠앗!"

여태껏 옐로우를 제대로 쳐다보지도 못하던 아르덴이 마침내 용기를 낸 순간이었지만, 그 순간 끼어든 옐로아의 방해로 뜻을 이루지는 못했다.

"응? 뭐라고?"

"크흐흠, 아닙니다."

홱!

여자의 시선이 자신을 향하자, 곧장 땅이 꺼질세라 시선을 바닥으로 향한 아르덴은 옆구리를 쿡쿡 찌르는 날카로운 단검의 날 때문인지, 아니면 여자로부터의 관심을 피하기 위함인지 재빨리 화제를 전환했다.

"그, 그나저나… 난데없이 웬 종족 해방 퀘스트일까요? 알아보니 저희만 그런 것도 아닌 것 같은데. 운영진은 대체 무슨 생각인지……"

퀘스트가 동시다발적으로 마계에 진입한 이들에게 뿌려졌음에도 불구하고 아르덴이 지금 돌아가는 상황을 정확하게 알고 있는 것은, 다른 유저들과의 신경전을 피해 남들이 가지 않는 꽤 험한 길을 찾아 마계로 들어왔기 때문이다. 길을 뚫느라 다른 유저들에 비해 늦게 마계에 도착한 것이다.

"글쎄……. 글로리아 컴퍼니가 무슨 생각을 하고 있는지는 모르겠지만… 솔직히 말하면 그 수많은 퀘스트들 가운데 실제로 완료될 퀘스트가 몇이나 될지 모르겠어."

"최소한 한 개는 보장되어 있잖아요?"

엘로아의 당찬 한마디에 눈을 동그랗게 뜬 순백의 기사는 이내 피식 웃어 보이며 수긍했다.

"그래, 그렇지."

길드 마크가 새겨진 갑옷을 쓰다듬는 그의 얼굴에는 얼핏 바이저스 길드원으로서의 자부심이 비쳤다.

"뭐, 어쨌든 간에 리버스 라이프 운영진 쪽에서 무슨 생각을 하고 있든 우리로선 즐기기만 하면 되는 것 아니겠어요?"

본인이 화제를 전환해 놓고 막상 대화를 재빨리 종결시켜 버리는 아르덴의 행동에 순백의 기사와 엘로아가 의문스런 표정을 지었지만, 아르덴의 눈에는 그들이 바이저스 길드의 이야기를 하자마자 인상을 팍 쓰고는 곧장 자신들의 일행을 향해 걸어가는 옐로우의 탄력적인 뒷태만이 들어올 뿐이었다.

하지만 이런 아르덴의 바쁜 시선을 눈치챈 사람은 아무도 없었고, 그가 이곳의 마계 입구에서 만난 쫄쫄이 일행과 합류한 것에 이상함을 느낀 사람은 아무도 없었다.

아무도 말이다.

"예상대로 진행 중이군."

"꼬맹이 일행이 빠진 뒤로 다행히 문제될 만한 파티는 없는 것으로 확인됐습니다."

정확히는 대로의 천지개벽과 그 스킬에 엄청난 시너지를 부여하는 대로의 신체 능력이 문제인 것이지만 그것 하나만으로도 운영진들이 대로뿐 아니라 파티 자체를 주시하게 만들기에는 충분했다.

"그나저나 이번에 통과되는 종족은 몇 개라고 생각하십니까?"

"그야 당연히… 응?"

별생각 없이 질문에 대답하려던 박중혁 부장은 어쩐지 초롱초롱한 눈을 한 부하 직원의 모습을 보면서 인상을 썼다.

"너네 그걸로 뭐하냐?"

"아, 뭐 대단한 건 아니고 그냥 밥값 내긴데… 아무래도 총괄

기획을 하신 분의 생각을 들어보면 조금 도움이 될 테니…….
헤헤헤."

"호오, 고작 밥값 내기를 하면서 나한테 질문을 한단 말이지?
배짱 좋군?"

박중혁 부장이 눈을 번뜩이기 시작하자 위험을 감지한 직원
이 재빨리 일거리를 찾아 나섰다.

"아, 그러고 보니 제가 바쁜 일이 있는데……."

"그런 일 시킨 적 없는데?"

"예? 아, 에… 그러니까……."

일을 시킨 적 없다는 부장의 말에 할 말을 잃은 그가 머뭇거
리는 사이, 박중혁 부장이 쐐기를 박았다.

"그래, 그럼 일은 내가 줄 테니까 그건 걱정 말고, 나는 하나,
금액은 10만 원."

"예?"

불어난 일감에 울상을 짓던 그는 박중혁 부장의 난데없는 말
에 이해를 못한 듯 고개를 갸웃거리다가 이내 그게 무엇을 의미
하는지 깨닫고 당황했다.

"뭐해? 못 들었어? 나는 이번에 해방되는 종족이 하나라는
거에 십만 원 건다고."

"예에……."

이미 모든 것을 꿰뚫어 본 박중혁 부장은 그들이 돈을 걸고

내기하고 있었음을 알아챈 것이다. 덕분에 욕심에 눈이 멀어 용감하게 부장님께 힌트를 구걸하러 왔던 부하 직원은 일감과 내기의 경쟁자만을 얻고 돌아갔다.

"뭐, 더 해방되면 좋겠지만."

터덜터덜 돌아가는 직원을 보며 게임 속 상황을 실황 중계하는 모니터를 보던 박중혁 부장이 중얼거렸다.

만일 하나 이상의 종족이 해방되어 10만 원을 잃는다면 속이야 좀 쓰릴 테지만, 게임의 전체 구도를 기획 중인 그에게 있어서는 나쁘지 않은 결과였다.

'이번 이벤트는 누가 뭐래도 컨텐츠 소모 속도를 제어하기 위함이니까.'

새로운 종족의 탄생은 자연스레 유저의 분산 효과를 가져올 것이다. 특히나 기존 인간이나 드워프에 비해 월등히 강력한 스탯을 가진 종족이 개방된다면 더욱 큰 효과를 낼 것이고, 그것은 신규 유저뿐 아니라 기존의 다른 종족 캐릭터를 지니고 있던 유저들도 한 걸음 돌아서게 하는 효과를 지니게 될 것이다.

물론 그런 종족에는 그만큼 페널티가 부여되겠지만 당장 눈에 보이는 효과가 크다면 이는 예견된 미래라고밖에 할 수 없었다.

'그렇게만 된다면 이번 이벤트는 완벽한 성공이지.'

최초의 리버스 라이프에는 인간밖에는 없었기에 모든 유저들이 인간으로 플레이를 시작했다. 곧 그들은 자연스레 일치단결하여 빠른 속도로 게임을 파헤치기 시작했다.

그러나 새로운 종족들이 추가된다면?

유저들은 자연스레 분산될 테고, 새로운 종족에 빠져든 유저들로 인해 컨텐츠의 소모 속도가 줄어들 것이다. 동시에 종족 간의 대립 구도 등에 의해 자연스레 서로를 견제하며 움직임을 압박하는 효과까지 생길 것이다.

'이번에 해방되는 종족은 마계에서 탈출한 마종족, 그들은 모두 인간과 드워프에 적대적인 종족이지. 이번 퀘스트 해결로 드워프 족을 해방시킨 유저와 같은 혜택을 받을 수 있을거라고 생각한다면 큰 오산이야.'

현재 퀘스트에 참여한 모든 유저들은 얼마 전의 드워프 족 해방을 통해 얻은 막대한 이득을 보고 움직이는 것이었다. 하나 그것은 해방된 것이 인간에게 큰 이득을 주고, 비교적 인간과 우호적인 관계인 드워프 족이기 때문에 가능한 일이었을 뿐이다. 만일 저들이 마종족을 중간계에 풀어놓는 데 공을 쌓는다면, 모르긴 몰라도 지닌 것이라도 지키기 위해 열심히 뛰어다녀야 할 것이다.

"그래… 그렇게만 된다면 말이지."

앞으로 자신의 계획대로 흘러갈 미래를 꿈꾸며, 박중혁 부장의 몸이 깊게 의자 속으로 파고들었다.

그리고… 그의 근심 어린 두 눈이 펭귄의 배웅을 받는 한 일행의 뒷모습으로 향했다.

'제발……'

후비작—

"으음……"

"왜 그러나, 주인?"

"아니, 귀가 가려운 게 어째… 누가 내 욕을 하나?"

펭귄 왕국의 영토를 나오기 무섭게 열심히 귀를 후비는 나를 보며 쯧쯧, 혀를 찬 엠페러가 말했다.

"주인, 표현이 너무 상투적이다. 귀가 가려우면 누가 욕한 거라니! 주인은 책을 좀 더 읽어야 한다."

고개까지 절레절레 흔들며 앞서 나가는 엠페러의 뒷통수가 오늘따라 유달리 탐스럽게 보였지만 차마 때릴 수는 없었다. 아직 저 멀리에 펭귄 왕을 비롯한 펭귄들이 손을 흔들고 있었기 때문이다. 아무리 내가 주인이라도 아버지 앞에서 아들을 쥐 팰 수는 없지 않겠는가?

'그나저나 다크 엘프의 마을이라……'

나는 펭귄 왕국에서 얻은 지도의 일부를 보기 쉽게 펼쳐 들며 펭귄 왕국 근처에 표시된 숲을 확인했다.

'어쩌면 여기에 벨라가 있을지도 모르겠네.'

그렇게 생각하는 근거는 벨라가 엘프니까 숲에 갔을지도 모른 다는 한심한 근거뿐이었지만, 사실 그리 나쁜 생각만도 아니었다.

마계 남부 영토에는 수많은 마수족들이 살아가는데 촌락 수 준의 소수부터, 성 규모의 종족까지 그 종류만도 수백 종이 넘 었다. 하나 그런 마수족 대부분은 대부분 동물로서의 본능을 지 니고 있는지라 대부분 일정 주기로 주거 구역을 옮겨 다녔다. 지도를 지닌다고 한들 특정 마수족을 찾아 나서는 것은 그들의 습성을 완벽하게 파악하지 않고서는 불가능한 일이었다.

그에 반해 마수가 아닌 종족들의 경우 특정 구역 내에 주거지 를 갖는데, 그중 대표적인 게 다크 엘프와 같이 숲 지형에만 사 는 종족들이었다. 전쟁으로 인해, 혹은 피치 못할 사정으로 터 전을 옮겨야 하는 경우가 아니면 평생을 한 자리에서 머무는 이 들인만큼, 그 주변의 변화에 예민할 테고, 새로운 누군가의 등 장을 세세하게 파악하고 있을 터였다.

그렇다면 벨라가 아직 마계에 있다는 가정하에 벨라의 모습 을 본 종족도 있을 터, 만일 벨라를 찾고자 한다면 일정한 거주 구역을 가진 종족들을 상대로 탐문 수사를 하는 것이 보다 확실 한 방법일 것이다.

'펭귄들을 구출하고 나서 어떻게 움직이면 좋을지 대략 경로 가 잡혔군.'

남부의 모든 마종족들의 거주지를 돌아다니자면 어려운 일이 많겠지만, 다행히도 퀘스트 목표 중 펭귄들을 구출해 내는 것만 완료하면 펭귄 왕에게 도움을 받기로 했으니, 펭귄들을 각 지역으로 보내면 좀 더 빠른 시일 내에 벨라를 찾을 수 있을 것이다.

'금방 찾으러 가마, 벨라!'

그리고… 그 결심은 생각보다 오래가지 못했다.

"어머, 인간이 여기는 무슨 일?"

"아… 저기 그게……."

펭귄 왕국을 기준으로 동북부, 마계 전체를 기준으로 남동부에 위치한 몽마족의 거점.

그곳에 잠입하여 끌려간 펭귄들을 구출할 의무를 가진 우리는… 입장과 동시에 발각되었다.

"그게… 그러니까……."

"거봐라, 주인! 내가 나중에 오자고 하지 않았나!"

내가 뜸 들이는 사이 눈치 없는 엠페러가 나를 타박했지만, 사실 딱히 반박할 말도 없었다.

하급 마족에 속하지만 엄연히 정식 마족 서열에 이름을 올리고 있는 몽마족은 자신들의 계급에 맞게 거대한 성채를 거점으로 삼고 있었다. 그런 탓에 입구라고는 앞뒤로 있는 문이 전부였다.

몇 시간에 걸쳐 도착한 만큼 빨리 퀘스트를 진행할 생각으로 성채에 무리하게 접근할 수밖에 없었고, 그 과정에서 성벽 위에서 바람을 쐬던 서큐버스에게 우리의 모습이 노출된 것이었다.

파닥파닥—

"흐응? 누가 노예로 끌고 왔나? 그런 것치곤 너무 멀쩡해 보이는데……."

성벽에서 우리를 내려다보던 서큐버스는 이내 등허리에 달린 자그마한 날개를 이용해 성벽 아래에 있던 우리에게 다가왔고, 멀뚱히 서 있는 나와 엠페러를 유심히 관찰했다.

"흐음… 재수없게 마계에 떨어진 인간인건가? 몸은 꽤 괜찮네."

조물딱조물딱—

품평회라도 하듯, 록 클로저의 망토를 들춰보며 몸 이곳저곳을 주무르는 서큐버스의 손길은 거침이 없었고, 이내 내 허벅지를 툭툭 건드려 본 서큐버스가 만족스러운 웃음을 흘리며 나에게 물었다.

"꽤 마음에 드네. 너 우리 집에 오지 않을래?"

마치 썸녀가 썸남에게 '너 라면 먹고 갈래?' 하는 정도의 가벼운 어투였지만, 만일 여기서 고개를 끄덕였다가는 평생 서큐버스의 집에서 라면을 끓이는 불상사가 발생할 수 있음을 알고 있었기에, 나는 이러지도 저러지도 못하고 굳어 있을 수밖에 없었다.

"이봐, 마족! 왜 우리 주인만 만져보나! 나도 있다!"

"어머? 당돌한 펭귄 씨네? 하지만 우리 집엔 이미 펭귄 씨가 있는 걸? 그것도 수컷. 수컷 두 마리로는 알도 못 낳고… 아니지, 수컷이랑 수컷이라… 그건 그것대로 괜찮으려나?"

자신을 봐주지 않는 서큐버스에게 날개를 동그랗게 접어 알통을 만들어 보이던 엠페러는 집에 있다는 펭귄 얘기를 하다말고 몽롱한 눈으로 자신을 쳐다보는 서큐버스의 시선에 본능적으로 시선을 피했다.

"어머나~ 갑자기 왜 그래, 펭귄 씨? 으응? 우리 집 가지 않을래?"

색기가 줄줄 흐르는 서큐버스의 부드러운 손짓과 목소리가 엠페러의 목덜미를 쓰다듬던 그때, 나 역시 몸을 움직였다.

'지금……!'

번쩍!

허리춤에 닿는 엠페러의 귓가에 입을 갖다 대고자 깊게 허리를 숙인 서큐버스의 뒷태는 아찔하다는 표현이 부족할 만큼 뇌쇄적이었으나, 그만큼 빈틈이 크고 옷이 보호하지 못하는 부분이 많았다.

순식간에 인벤토리에서 꺼내진 금빛 엄니가 금빛 궤적을 그리며 서큐버스의 등판으로 날아들었지만, 그보다 먼저 날아온 금빛의 예기가 있었다.

"골드 윈드 커터!"

번쩍!

서컥!

"커허억!"

지근거리에서 서큐버스를 베어가던 내 금빛 엄니보다 빠르게 서큐버스의 등판을 베어낸 것은 성벽 한 켠에서 튀어나온 바람의 칼날이었다.

"칫! 얕았나?"

"어떤 녀석이냐!"

파라락!

새하얀 등판 위로 기다란 상처를 입은 서큐버스였지만, 높은 지성을 가진 종족인 탓인지 아니면 싸움에 익숙한 마족의 특성 때문인지 그녀는 오히려 마법의 반동으로 공중으로 높게 날아올랐다.

그 모습을 확인한 나여주는 성벽으로 변해 있던 몸을 일으키며 다시 마법을 발휘했다.

"오토 타겟! 골드 썬더!"

꽈르르릉!

정확히 서큐버스의 머리 위쪽으로 생겨난 작은 마법진은 그로부터 벗어나기 위해 애를 쓰는 서큐버스의 노력을 수포로 만들고 그녀의 머리에 샛노란 번개 한 줄기를 흩뿌렸다.

"끄흐흐으윽!"

허공에 떠있던 탓에 번개의 충격을 온몸으로 받아낸 서큐버스의 입에서 한 줄기 연기가 피어올랐고, 이를 지켜보던 나여주의 손에 다시 한번 돈주머니가 들렸다.

"오토 타겟! 매직 스피어! 인챈트 아이스!"

다시 한 번 나여주의 눈 위로 고글과 같은 입체 안경이 씌워지고, 하늘로 뻗은 손에는 파란색 냉기의 창이 만들어졌다. 하지만 그녀의 마법은 여기서 끝이 아니었다.

휘익─ 촤라락!

허공으로 던진 돈주머니에서 쏟아져 나온 골드가 중력을 무시하고 허공 중에 부유하기 시작했고, 이내 나여주의 주문이 골드를 허공에 배열했다.

"더블 인챈트 골드 썬더!"

부오오오오!

허공에 떠오른 골드들이 공명하듯 주변으로 울음소리를 퍼뜨리기 시작했고, 불규칙적으로 배열된 것처럼 보이던 골드들 사이로 얇은 실선이 떠오르는가 싶더니, 이내 노란 번개를 머금은 육망성을 그려냈다.

"이제… 마무리!"

슈파아앗!

나여주의 손을 떠난 아이스 스피어가 허공의 육망성을 찌르자,

넓게 포진해 있던 육망성은 마치 투우사의 빨간 천처럼, 아이스 스피어의 날카로운 뿔을 감싸며 그 위에 부드럽게 안착했다.

"가라! 라이트닝 아이스 스피어!"

나여주의 고글 위로 기하학적인 문양이 마구 떠오르는가 싶더니 번개를 머금은 마법의 얼음 창은 아직도 정신을 차리지 못하는 서큐버스의 가슴 한복판을 향해 날아들어, 가볍게 목적한 바를 이뤘다.

푸걱!

쩌엉! 쩌저저정!

"끄, 끄어어어어억!"

불과 몇 초 전까지만 해도 매혹적인 목소리를 내던 서큐버스의 입에선 피 화살이 뿜어져 나오고, 관통당한 가슴은 얼음 창의 효과로 새하얗게 얼어붙었으며, 동시에 얼음 창에서 뿜어져 나온 번개의 힘이 얼어붙은 서큐버스의 몸을 조각조각 분해해 버렸다.

"이런… 어처구니 없는……."

자신의 가슴 한복판에 커다란 구멍이 뚫린 채 죽어가는 자신과 오연한 모습으로 그 앞에 선 나여주를 노려보다가, 이내 몸 전체가 바닥에 떨어지며 깨져 나가는 것을 마지막으로 검은 마기로 화해 사라져 버렸다.

"흥! 별것도 아닌 년이 노려보기는!"

이 모든 과정을 멍하니 지켜보던 나와 엠페러는 콧방귀를 뀌며 얼음 조각의 잔해가 굴러다니는 곳을 발로 뒤적거리는 나여주를 두려운 눈으로 쳐다봤다.

"주, 주인… 나 무섭다."

"나, 나도……."

그것은 진심이었다. 여태껏 보지 못한 나여주의 냉혹하고 무자비한 모습은 정말 소름이 돋을 만큼 무서운 모습이었다. 인간의 모습을 한 존재가 현실에서는 있을 수 없는 방법으로 부서져 죽는 모습은… 나에게 있어 충격적이라고밖엔 할 수 없었다.

'이게… 리버스 라이프의 진짜 모습인가?'

여태껏 많은 몬스터를 처리했고, 개중에는 조금전 나여주가 한 것만큼이나 잔인한 방식으로 몬스터를 처리한 경험도 있었지만, 그동안은 전혀 느끼지 못했던 감정이었다.

심지어 같은 인간형 몬스터인 언데드들을 상대할 때도, 그들의 튀어나온 내장 따위를 볼 때도 전혀 느끼지 못한 것이었다.

'지성의 차이라는 걸까……?'

조금 전까지 온기를 느끼고, 대화를 하던 그것은 몬스터임이 분명했지만 그런 몬스터가 죽어가는 모습은 어쩐지 굉장히 충격적이었다. 그리고 그것을 아무렇지 않게 여기는 나여주의 모습도 굉장히 그로테스크했다.

'그만큼 익숙하다는 거겠지.'

그리고 나는 그만큼 익숙하지 못하다는 의미이기도 하리라.

그간 남들과는 조금 다른 게임 플레이를 해온 탓에 남들이 당연하게 여기는 것을 나만 이해하지 못하고 있는 것이리라, 그렇게 생각했다.

사실 이런 내 생각은 사실 반은 맞고, 반은 틀린 것이었다.

내가 남들과는 다른 성장 과정을 가지고 있던 탓에 남들에 비해 몬스터와의 싸움에 익숙하지 못한 것은 사실이지만 그렇다고 모든 유저들이 이런 지성체, 인간형 몬스터의 죽음에 익숙한 것도 아니었다.

지금 내가 게임에 접속하기 위해 들어와 있는 것은 본래 개발자용의 전용 캡슐. 보통 유저들이 사용하는 보급형 접속기나 나여주가 사용중인 고급형 접속기보다도 한 차원 높은 수준의 리얼리티를 자랑하는 물건이었다.

이 접속기는 게임 속에서 전해지는 충격을 비롯한 각종 감각이 판매 중인 접속기들에 비해 월등히 선명했고, 시각으로 전해지는 이미지 역시 필터링이 존재하지 않았다. 개발자의 입장에선 어떻게든 더 리얼하게 만들어야만 했으니 애시당초 접속기에 필터링 기능 자체를 탑재하지 않은 것이다.

때문에 서큐버스의 생생한 죽음을 지켜 본 나는 충격에 빠졌고, 서큐버스의 죽는 모습을 필터링해서 본 나여주는 아무렇지도 않게 서큐버스가 죽은 자리에서 아이템을 찾을 수 있는 것이었다.

"머리가 아프네……"

물론 접속기라고는 오직 이 캡슐 밖에 사용해 보지 않은 나로서는 지금의 이런 차이를 알 수 없었기에 내가 느끼는 충격은 더 클 수밖에 없었다.

　"니가 뭘 했다고 머리가 아파? 서큐버스랑 시시덕거리기만 해놓고."

　"누, 누가 시시덕거렸다고……."

　서큐버스로부터 아이템이 나오지 않은 탓인지, 아니면 정말로 서큐버스와 시시덕거린 것으로 오해를 한 것인지 나를 째려보는 나여주의 눈빛은 유달리 매서웠다.

　"뭐, 어쨌든 이런 식으로 하나씩 끌어내서 잡는 방법도 괜찮긴 하겠네."

　"크흠……."

　나는 앞으로도 서큐버스와 같은 지성체 몬스터가 죽는 것을 봐야 한다는 것에 불편한 헛기침을 흘렸지만 이를 오해했는지 나여주가 다시 인상을 팍 쓰며 나섰다.

　"뭐야? 그거 말고 다른 좋은 방법이라도 있나 보지? 여기서 저번에 쓴 그 피니시 무브라도 한 방 크게 갈기고 싶어서 그런 거야?"

　"응? 아니, 그런 건 아니고… 그리고 그 피니시 무브는 그때 운 좋게 조건이 잘 맞아떨어져서 그만큼 나온 거래도 그러네."

　이제 와 하는 말이지만 나여주는 내가 점액질 보스 상대로 마지막에 썼던 피니시 무브를 보고 난 뒤, 내 직업과 스킬의 정체에 대해 꼬치꼬치 캐물었다. 여태껏 본인이 충분히 강한 캐릭터인 줄 알고 있었는데, 주변 지형 자체를 바꿔 버리는 내 천지개벽을 보고 자신의 강함을 의심하기 시작한 것이다.

하나 그렇다고 한들 내가 내 입으로 백수라는 말이나, 변태 엘프에게 수련을 받고 필드 보스 두 마리를 한 방에 쪼개면 전직이 가능하다는 말 따위를 할 수는 없었기에 얼버무리고 넘어갔다. 아무래도 그것에 대해 아직도 마음에 담아두고 있었던 듯싶다.

"아직 직업도 안 알려주고 말이야."

투덜투덜―

닉네임 'No.0'를 제외하곤 레벨부터 직업까지 온통 물음표로 표시된 파티원 정보 창을 닫으며 투덜거리는 나여주의 모습에 슬쩍 레벨이라도 공개를 해야 할까 하는 마음이 싹텄지만, 천지개벽에 대해 꼬치꼬치 캐묻던 나여주의 눈빛을 떠올리며 이내 마음을 고쳐먹었다.

'아마 그 스킬이 1차 피니시 무브라는 걸 알게 되면, 당장에 신고라도 할 테지…….'

그리고 200레벨이 넘는 자신이 왜 이렇게 약하냐면서, 상향해 달라고 떼를 쓸 터였다.

"푸훗!"

어쩐지 머릿속으로 나여주가 글로리아 컴퍼니에 전화를 걸어

떼를 쓰는 모습과 그에 당황해하는 아버지의 모습이 떠올라 절로 웃음이 터져 나왔다.

"뭐야? 뭐가 웃겨?"

웃음소리를 들었는지 여전히 인상을 쓴 채 말하는 나여주에게 아무 일도 아니라며 고개를 흔들었다. 그래도 억지로 웃음을 참고 있는 것이 보였는지, 신경 안 쓰는 척하면서도 뭔가 묻었을까 봐 제 옷이며 머리를 매만지는 그녀였다. 그에 속으로 다시 한 번 웃음을 터뜨린 나는, 어느샌가 방금 나여주를 보며 느낀 두려움과 조금 전 몬스터의 죽음을 통해 보았던 공포감이 많이 희석되었음을 느꼈다.

'웃음이 만병통치약이라는 건가?'

정확히는 웃어서라기보다는 정신이 딴 데 팔리는 바람에 이렇게 된 것이지만, 어쨌거나 결과가 좋으니 뭐라도 괜찮다.

'저 녀석 덕분이군.'

나는 본인도 모르게 나에게 병 주고 약 주고를 다한 나여주에게 슬쩍 고개를 숙여 감사의 인사를 했다. 여전히 그 의미를 모르는 그녀는 자신의 풍성한 소라 머리를 세심하게 매만질 뿐이었다.

"그래, 방법이 어찌 됐든… 모로 가도 서울만 가면 된다고 했으니까."

방법도 과정도 조금 꺼림칙하지만, 어쨌거나 퀘스트 클리어에 한 발짝 가까워졌다고 생각하니 그나마 남아 있던 두려움도 날아가는 듯했다.

그때 우리의 모습을 멀뚱히 쳐다보던 엠페러가 물었다.

"그럼 우리는 앞으로 몇 번 더 이렇게 하면 되는 건가, 주인?"

"응? 그야……."

잡혀간 펭귄의 숫자만큼이겠지.

나는 혹시나 하는 마음에 퀘스트 창을 열어 진행 상태를 확인했다.

〔구출된 펭귄(1/1432)〕

"……."

"……."

아마도 나와 같은 것을 보고 있는지 말이 없어진 나여주가 문득 나에게 다가와 물었다.

"야, 그거 저 성에다가는 못 써?"

"……."

점액질 보스에게 그랬던 것처럼 천지개벽으로 성을 날려 버리라는 나여주에게 나는 고개를 살짝 저었고, 그로부터 나와 나여주, 그리고 엠페러는 한동안 아무 말도 하지 않았다.

Chapter 4

분위기에 약한 남자

"내일은 학교 밖에서 모이는 것 잊지 마세요!"

"예~!"

내일은 학교 밖 현장학습이라는 명목의 소풍이 있는 날이었다. 동물원의 호랑이가 보고 싶으면 호랑이를 사고, 놀이 기구가 타고 싶으면 전 좌석을 사서 즐기는 인물들이 즐비한 교실이었지만, 학생이라는 신분은 수업시간에 학교를 나간다는 것만으로도 그들을 들뜨게 했다.

보기 드물게 활기찬 학생들의 음성 덕분인지 만족스러운 웃음을 지은 담임 선생님이 교실에서 나가자, 나와 나여주는 곧장 한자리에 모여 음모라도 꾸미는 것처럼 서로에 귓가에 속삭였다.

"내일 어떻게 할 거야?"

"학교는… 나와야겠지?"

"이렇게 중요할 때 학교가 문제야?"

"그럼 나더러 어떡하라고!"

몽마족의 성채에 잠입해 몽마족들을 암살하기 시작한 지 게임 시간으로 일주일, 현실 시간으로 이틀째. 우리는 현장학습이란 중요한 문제에 봉착하고 말았다.

"어쩔 수 없잖아. 그래도 학교 일정인걸. 다녀오고 나면 이제 주말이니까… 그 시간 동안……."

"그러는 동안에도 벨라는 어디서 무슨 일을 당하고 있을지 모른단 말이야!"

오해하는 사람이 있을까 봐 그러는데 지금 학교 일을 걱정하는 것은 나고, 벨라를 걱정하는 쪽은 나여주였다.

어쩐지 조금 해야 할 말이 바뀐 것 같긴 하지만, 최근에 지성이 높은 NPC와 몬스터들을 상대하면서 점차로 리버스 라이프에 녹아들기 시작한 나여주는 퀘스트를 진행하는 내내 벨라 걱정을 하기 시작했다.

물론 벨라가 무엇보다 중요한 내 입장에선 긍정적인 변화이긴 했지만, 불과 며칠 새에 확 바뀌어 버린 나여주의 모습은 간혹 낯설게 느껴질 때가 있었다.

"걱정하지 마. 뭔가 탈이 났을 거라면 옛날에 났겠지…….
지금까지 괜찮았다면… 앞으로도 괜찮을 거야."

"그런 말이 어디 있어! 걔가 있는 곳은 마계라고! 얼마나 위
험한지 너도 잘 알잖아!"

그렇지, 나도 겪어봐서 잘 알지.

마계가 얼마나 위험한 곳인지… 그곳의 몬스터들 중 하급 마
족을 매일 같이 상대하고 있는 탓에, 우리는 그들이 얼마나 강
하고 위험한지 확실하게 체감하고 있었다.

'덕분에 살아남기 위해 온갖 짓을 다했고 말이야.'

우리의 몽마족 사냥 전략은 맨 처음과 크게 달라지지 않았다.

여전히 하나 내지는 둘 정도를 따로 유인해서 기습으로 처리
하는 것이 우리의 유일한 몽마족 대책이었다.

록 클로저의 망토로 석상이나 성벽 따위로 위장한 채 몽마족
이 따로 떨어져 오기를 주구장창 기다리다가 기습을 하기도 하
고, 외진 곳에서 반라의 석상을 연기하며 이에 관심을 갖고 다
가오는 녀석을 사냥하기도 하고, 위급할 땐 장비를 벗어 던지고
맨몸으로 안겨드는 선택을 하는 것으로 살아남기도 했다.

물론 그마저도 몽마족에게 각자의 먹잇감을 혼자서 독식하기
위해 따로 떨어져 다니는 습성이 없었다면 불가능했을 전략이
었다.

그리고 이 모든 전략은 직접 몽마족의 강함을 몸으로 겪어낸

끝에 발견한 몽마족 상대의 최선의 전략이기도 했다.

'처음이 굉장히 운이 좋았던 거지.'

처음부터 그럴 목적은 아니었지만 첫 사냥의 성공은 운 좋게 완벽한 기습 공격을 두 번이나 퍼붓고, 그 덕에 시간을 벌어 고급 강화 마법을 사용하는 완벽한 콤비네이션이 있었기에 가능한 기적이었다. 그렇지 않았다면 당하는 것은 우리들이었을 것이다.

실제로 처음 죽인 서큐버스는 나여주의 골드 강화를 거친 마법을 기습으로 두 발이나 맞고도 살아 있었을 뿐 아니라, 마지막엔 매직 스피어에 인챈트를 두 번이나 한 뒤 골드 강화까지 거친 고급 강화 마법을 맞고서야 죽었다.

그녀의 골드 강화 마법이 동일 레벨 마법사의 마법에 비해 통상 1.5배, 내지는 그 이상의 위력을 지니고 있으며, 대개 위력적인 마법들이 시전 시간 등의 이유로 직격하기 힘들다는 것을 감안한다면 몽마족이 얼마나 강력한 존재인지 알 수 있었다.

"어차피 하루로는 남은 숫자를 다 채울 수 없잖아. 아무리 오늘 내일 열심히 잡는다고 해도 남은 숫자를 처리하려면 족히 3일은 더 걸릴 거라고."

"그래도 더 빨리 끝내면 좋은 거잖아!"

이 퀘스트를 빨리 끝내는 것 때문에 내 학교생활과 졸업에 차질이 생긴다면 내 인생도 빨리 끝날 터였기에 나는 속으로 나여주의 말에 공감하면서도 쉽게 동의할 수가 없었다.

"그래도… 수업 시간은 비슷하잖아?"

"안 돼! 늦는다고!"

사실 내일의 현장학습 수업의 수업 시간은 본래 학교 수업 시간에 비해 큰 차이가 없었다. 수업이 끝난 직후 게임을 한다면 평소와 플레이 시간은 다를 바 없는 정도였다. 하나 문제는 현장학습 장소에 있었다.

'오고 가는 데 세 시간이라…….'

나여주의 가장 큰 불만 사항이었다.

헬기를 타고 가면 삼십 분이면 될 거리를 굳이 차나 대중교통을 이용해서 이동 시간을 늘린다는 것이다.

다른 학생들이야 학교를 벗어난다는 것만으로 오가는 데 걸리는 세 시간에 그리 신경을 쓰지 않겠지만, 나와 나여주는 사정이 좀 달랐다.

'세 시간이면 게임 시간으로는 열두 시간… 몽마족 하나를 잡는 데는 최소 5분…….'

이미 모든 시간을 몽마족을 잡는 데 걸리는 시간을 기준으로 계산하게 된 우리에게 있어 현실의 세 시간이란 몽마족을 최대 144마리나 잡을 수 있는 시간인 것이다.

물론 이는 가장 빠르게 사냥을 할 때이며 오고 가는 데 걸리는 시간이 정확히 평균 시간일 경우이긴 하지만, 이미 그런 것은 생각의 대상이 아니었다.

"아침에 일어나는 시간을 최대한 아슬아슬하게 잡는다면? 미리 교복을 입고 캡슐에 들어간다면 최소한 가는 데 걸리는 시간은 조금 줄이는 결과가 되지 않을까?"

"멍청아! 내 머리를 자기 전에 하는 게 가능할 거 같아?"

자신의 머리를 어루만지며 어쩐지 자랑스러운 표정을 짓는 나여주의 모습에 방금 벨라를 위해서 학교를 빠져야 한다고 하지 않았느냐고 추궁하고 싶은 마음이 굴뚝같았지만⋯ 어디까지나 마음뿐이었다.

"그럼 어쩌자는 건데? 오는 거야⋯ 네 헬기를 타고 돌아온다고 치더라도 가는 시간은 어쩔 수 없어."

"학교를 아예 안 가면 되잖아."

그게 됐으면 지금 이러고 있을 필요가 없겠지.

아무렇지 않게 말하는 나여주를 보며 한숨을 내쉰 내가 말했다.

"너라면⋯ 가능할지 모르지만⋯ 나는 평범한 학생이라고, 게다가 평범하게 학교를 졸업해야 할 의무도 있고 말이야."

평범한 학생이라는 내 말에 눈을 동그랗게 뜬 나여주는 마치 신기한 것을 보는 것마냥 나를 이리저리 훑어보는가 싶더니, 이내 콧방귀를 뀌며 대꾸했다.

"흥, 정말로 그렇게 생각하나 보네. 역시 재미없는 녀석이라니까."

"…대체 뭐가."

뜻하지 않게 재미없는 인간이라는 평가까지 받은 나로선 억울하기 짝이 없었지만, 나여주는 내 물음에 대답해 주지 않았다. 오히려 눈까지 찡긋 깜빡이며 새로운 화제를 꺼내들었다.

"그렇다면 나에게 방법이 있지, 내일 아침에 일단 우리 집으로 와."

"…하?"

이해할 수 없다는 내 표정을 보긴 한 걸까?

조금도 신경 쓰지 않는 듯, 여전히 마이 페이스인 나여주는 가볍게 손가락까지 흔들어 보이며 여유를 내비쳤다.

"요는 '합법적 결석'이면 된다는 거잖아."

"대체 무슨 짓을 꾸미는 거야……."

다시 한 번 물어봤지만, 돌아온 것은 교실을 뛰쳐나가 교무실로 향하는 나여주의 신명 나는 발소리뿐이었다.

"…나도 모르겠다."

결국 나여주의 생각을 읽어내지 못한 나는 한숨을 내쉬며, 내일을 기약했다.

내일 아침, 어떤 일이 벌어질지도 모르고 말이다.

"…뭐야, 이거."

서울 한복판에 있는 건물이라고는 도저히 믿기 힘든 중세풍의 커다란 저택 앞에서 안내인을 따라 안쪽으로 향하고 있는 나는 매우 당황하고 있었다.

'이거 진짜야?'

문을 들어서자마자 보이는 응접실 형태의 로비와 그 주변을 화려하게 메운 앤티크들의 모습에 나는 순간 지금 들어선 곳이 컨셉을 지닌 가구 박람회장인가 고민해야 했다.

그 정도로 저택의 내부에 놓인 물건들은 하나같이 고풍스럽기 짝이 없고, 또한 값비싸 보였던 것이다.

만일 2층 계단에서 나를 부르는 익숙한 목소리가 아니었다면 카탈로그와 입장료를 내는 곳을 찾아 한동안 저택을 헤맸을 터였다.

"야, 박대로! 여기야!"

"…넌 또 왜 그러냐?"

평소에 학교 교복을 입은 모습만 봐온 탓일까? 낯설게만 느껴지는 사복 차림의 나여주는 유달리 반짝반짝 빛이 났다.

아니, 실제로 그녀는 몸 여기저기에서 빛을 내고 있었다.

"화장?"

"오늘은 좀 했지."

얼마나 좋은 화장품을 발랐는지 반짝반짝 윤기가 흐르는 얼굴과 그녀의 미모를 돋보이게 하는 각양각색의 악세서리, 그리고 언뜻 평상복이라기엔 조금 고급스러워 보이는 팔랑거리는 원피스 차림의 나여주는 게임이나 학교에서 보여줬던 것과는 차원이 다른 미모를 뽐내고 있었다.

그간의 모습이 말괄량이 소녀였다면, 지금의 그녀는 귀족가의 영애라고나 할까?

사람으로서 풍기는 분위기 자체가 달라진 것이다.

'집이라서 그런가?'

아무래도 집안에 있을 어른들의 영향이 아닐까 싶다. 그 왜, 소설이나 영화를 보면 밖에서는 성격파탄자지만, 집에서는 요조숙녀 혹은 젠틀맨이 되는 귀한 집 자제들이 많지 않던가.

"자, 빨리! 일루 와!"

덥석!

'그런 건 아닌가 보네……'

전형적인 미디어 속 부잣집 딸내미를 연상한 지 몇 초나 지났을까, 학교에서와 다를 바 없이 내 손목을 붙잡은 채 저택 안을 휘젓고 다니는 나여주는 외모만 바뀌었을 뿐이었다.

"근데 어딜 이렇게 바쁘게 가는 거야? 현장학습 안 가?"

"아, 그럴 시간이 어딨어? 빨리 이거나 참석하고 게임해야지."

"……?"

무슨 소리냐는 듯 외치는 나여주의 말에 나는 당황하지 않을 수 없었다.

이미 대중교통을 통해 현장학습 장소에 가기엔 늦은 시간. 어제 당당히 자신의 집으로 오라고 한 나여주였기에 당연히 헬기를 타고 가려는 생각인줄 알았다. 애시당초 늦게 집으로 오라고 한 탓이다.

그런데 이제 와서 아니라니.

'어… 그럼 나 지금이라도 빨리 가봐야 하는 거 아냐?'

무법자나 다름없는 학교생활이 가능한 나여주와 달리 평범한 (?) 학생인 나로서 무단결석은 있을 수 없는 일인바, 지각을 할지라도 현장학습 장소에 가야만 했다.

"어어? 자, 잠깐……!"

"뭐야? 이제 와서 옷이라도 갈아입게? 시간 없어, 빨리 끝내야 빨리 가지!"

"옷? 무슨 옷? 아니, 그보다 잠깐만……!"

"걱정 마! 조금 후줄근해 보이긴 하지만… 그거 빈티지 룩이지? 나도 몇 개 있어. 자리엔 잘 안 어울리는 거 같지만 네 패션 센스가 그 정도 수준인 걸 어쩔 수 없지!"

난데없이 패션 센스를 디스당한 나였지만 차마 반박할 말이 없었다. 영락없이 현장학습을 갈 거라는 생각에 대충 몇 년째 입고 있는 목 늘어난 셔츠와 의도치 않게 빈티지함을 뽐내는 후줄근한 야전 상의 점퍼, 그리고 본래 외형을 잃고 무파진으로 다시 태어난 무릎이 '까진' 청바지까지… 빈티지 룩으로 봐주는 게 고마울 정도였다.

'그래도 구두는 비싼 거라 다행이다.'

재작년 생일에 아버지에게 선물 받은 이 값비싼 구두는 당시 유행에 따라 뾰족한 앞코가 도드라져 보이는 새카만 정장 구두였다. 회사조차 운동복에 운동화 차림으로 다니던 나로서는 신어볼 기회가 없었는데, 나름 부잣집 친구 집에 간다는 생각에 뽀얗게 먼지가 쌓여 있던 구두를 꺼내 신은 것이다.

물론…….

'저 싸구려 브랜드 구두는 아방가르드에 도전한 건가? 아무리 그래도 저건 좀…….'

남들이 보기엔 아방가르드 패션에 필적하는, 난해함의 화룡정점을 찍는 부분이긴 했지만 말이다.

벌컥—!

"저 왔어요!"

그렇게 각자의 혼란스러운 생각 속에서 나를 저택의 뒷문 쪽으로 끌고 온 나여주는 유리로 된 문 뒤로 아른거리는 여러 사람들의 움직임이 보이기 무섭게, 문을 벌컥 열어재끼며 자신의 등장을 알렸다.

그리고 나는…….

"…어?"

"……."

"……."

"……."

십수 명에 이르는 사람들 앞에 내동댕이쳐져, 알몸으로 선 듯 몸 둘 바를 모르고 패닉에 빠졌다.

'제, 젠장! 대체 이게 뭐야?

신종 수치 플레이인가?

그렇지 않아도 내 평상복이 빈티지 룩으로 보인다는 말에 의기소침해 있었는데, 나여주에 이끌려 도착한 저택의 뒤편에는 하나같이 말끔하게, 혹은 화려하게 차려입은 남녀노소가 잔뜩 몰려 있었던 것이다.

"그… 여긴 대체……?"

나를 파악하려는 듯, 내 몸 곳곳을 샅샅이 훑어보는 수십 쌍의 시선들을 피해 나여주의 등뒤로 피신한 나는 이어진 나여주의 목소리에 경악하지 않을 수 없었다.

"아빠! 엄마! 할아버지! 얘가 내 남자 친구! 오늘 약혼할 애야!"

"무, 무무무무무… 무슨 소리야아앗!"

그녀의 폭탄 발언에 나는 당황해했지만, 어째서인지 나보다 더 놀라야 할 사람들은 싸늘한 눈초리로 나를 노려보기만 할 뿐, 별다른 반응이 없었다.

그때, 십수 명의 사람들 사이에서 분홍색의 예쁜 드레스를 차려입은 꼬마아이가 쪼르르 뛰어나와 나여주에게 안겼다.

"어머, 예빈아!"

"언니!"

사이좋은 티를 팍팍 내며 가볍게 나여주의 품에 안겨든 소녀는 인사를 나누기 무섭게 나에 대해 물었다.

"언니! 저 사람 왜 거지꼴이야?"

"으응, 저건 거지가 아니라 빈티지 룩이라는 거야."

"근데 신발은 깨끗한걸?"

"아니야, 저래 봬도 몇 십만 원밖에 안 하는 싸구려 신발이고… 저런 건 아방가르드라고 하는 거야."

"아하! 우리 언니 남자 친구가 이상한 게 아니었구나!"

"아니, 솔직히 조금 이상하긴 한데……."

소곤소곤—

"……."

다 들린다, 얘들아.

사람을 앞에 놓고 잔인한 말을 아무렇지 않게 내뱉는 두 소녀의 만면엔 화사한 웃음이 가득했고, 나는 차마 그 얼굴에 대고 잔혹한 진실을 알려줄 수 없었기에 순진한 시선을 외면한 채 고개를 끄덕여야만 했다.

"으응… 아방가르드 빈티지라고… 유행…은 아니고 마니아들 사이에서 조금 알려진 패션이야……."

소심하기 짝이 없는 대답이었지만, 그것만으로도 둘은 납득한 듯 고개를 끄덕였다.

"확실히 마니아들'만' 알 법하네."

"응, 나는 마니아가 아니라서 줘도 안 입을 거야."

"……."

이미 한차례 당한 전력이 있어 조금 덜하긴 했지만, 마음에 상처가 나는 것은 어쩔 수 없었다.

'아니, 지금 이게 중요한 게 아니지.'

문득 마음의 고통에서 어떻게든 벗어나고자 다른 곳으로 시선을 돌리니 크게 마음에 걸리는 바가 있었다.

'남자 친구라니?'

이게 도대체 무슨 말인가.

나는 그저 나여주의 강권에 못 이겨 끌려 들어온 것뿐인데, 문을 열자마자 펼쳐진 잘 꾸며진 정원과 나를 샅샅이 훑어보는 이 불편한 시선들이라니… 나로선 상상조차 못한 일이었다.

나는 아직 소녀를 안고 시시덕거리는 나여주를 향해 당장이라도 따져 묻고 싶었지만, 나를 향한 수많은 시선에 차마 그러지는 못하고 크게 인상을 찌푸리는 것으로 이 상황의 설명을 요구했다.

하지만…….

"응? 뭐야, 왜 그렇게 봐?"

"……."

그게 네가 물을 말이냐?

기껏 눈치를 줘서 알아챘나 싶었더니, 오히려 돌아온 질문에 나는 한숨을 쉬며 나여주로부터 고개를 돌렸다. 그때, 내게로 성큼 다가오는 발걸음이 있었다.

"자네가 박대로 군인가?"

"예? 아, 예……."

불편하기 짝이 없는 이 상황 속에서 누가 봐도 이들 중 가장 윗어른으로 보이는 백발노인의 물음은 나를 움츠러들게 만들었다.

"흐음……."

이런 나의 태도가 마음에 들지 않았던 것일까? 새하얀 머리를 단정히 빗어 넘긴 노인은 그의 머리에 안 어울릴 만큼 꼿꼿한 자세와 경직된 표정으로 한참이나 나를 노려보더니 이내 혀를 차며 돌아섰다.

"쯧쯧, 여주가 콩깍지가 씌인 게지."

'저도 그렇게 생각합니다.'

아마 그 콩깍지는 최소 잭과 콩나무에 나오는 그 콩나무의 콩깍지 정도는 되리라, 그렇지 않고서야 이런 모습으로 나타난 나를 남자 친구라는 얼토당토 않은 것으로 소개하는 우를 범하지는 않을 테니 말이다.

'아니, 그보다 대체 왜 이런 거야?'

콩깍지가 씌였네 어쩼네 하기는 했지만, 나여주가 아무런 이유도 없이 갑자기 이런 행동을 했으리라고는 생각하기 힘들었다. 그녀가 비록 버릇없고, 싸가지 없고, 막무가내에 남을 배려할 줄 모르는 성격이긴 하지만 그렇다고 해서 바보인 것은 아니기 때문이다.

누가 뭐래도 명문가의 자손으로 명가의 교육을 받은 그녀는, 저번에 나와 설전을 벌일 때처럼 간혹 번뜩이는 지혜를 발휘함으로써 명가의 핏줄임을 종종 증명하고 있었으니 말이다.

'나를 남자 친구로 초대해서 얻을 수 있는 이득은……'

쉽사리 생각하기 힘든 문제였다.

나와 나여주가 오늘 얻어야 할 가장 중요한 것은 게임을 할 시간이다.

때문에 나는 현장학습 시간을 단축시켜 줄 헬기를 위해 이 집에 왔던 것이다. 그러나 나여주는 이런 나를 이용하여 또 다른 무언가를 노리고 있음이 분명했다.

'내 가정사를 모르는 나여주가 아버지를 통해 게임 속 이득

을 취하려 할 리도 없을 터.'

거기에 아무리 게임에 푹 빠져 있다고 한들, 게임 개발자의 자식과 엮이는 것으로 게임 속 이득을 취할 생각을 할 만큼 나여주는 바보가 아니었다.

'글로리아 컴퍼니를 사려고 했다면 모를까……'

나여주의 성격상 돈으로 해결 할 수 있는 문제를 군이 에둘러 갈 리가 없으니, 필요한 게 있다면 당연히 그렇게 했을 것이다.

그리고 이는 사실 리버스 라이프가 정식 오픈하고, 나여주가 게임을 시작한 지 일주일째 되던 날, 실제로 시도한 일이기도 했다. 물론 실패하긴 했지만.

어쨌거나 이런 사정까지는 알지 못한 나였지만, 그녀의 성격에 대해서는 익히 잘 알고 있는 바 고민이 되지 않을 수 없었다.

'일단 이 상황에 호응해야 하는 건가? 아니면 지금이라도 거짓말이라고 나서야 할까?'

선택지는 두 가지고 예상되는 결과는 다양하지만, 그중 단 두 가지, 확실한 것이 있었다.

'호응을 한다면… 확실하게 귀찮아져.'

이것은 오랜 눈칫밥과 짧지만 굵은 사회생활을 통해 다져진 감각으로 확신할 수 있었다.

만약 이대로 내가 나여주의 남자 친구 행세를 한다면 기필코, 필히, 반드시, 귀찮은 일에 엮일 것이다.

반면 만일 이 자리에서 남자 친구임이 거짓임을 밝힌다면 마찬가지로 귀찮은 일에 휘말릴 테지만, 호응할 경우보다는 상대적으로 덜 귀찮을 거라는 점 또한 알 수 있었다.

'하지만 그렇다고 당장 거짓이라고 하기엔……'

쓰윽─

용기를 내 고개를 들어 주변을 훑어보니 백발의 노인은 어디로 갔는지 보이지 않게 되었지만, 나머지 사람들은 당장이라도 빈틈을 보이면 달려들 듯한 승냥이 떼와 같은 모습으로 나를 노려보고 있는 게 보였다.

당장은 서로의 눈치를 보고 있지만, 만일 이들 중 누군가가 한 발자국 나서기만 해도 나는 만신창이로 물어뜯기리란 것을 직감할 수 있었다.

'최소한 남자 친구 행세를 하면 당장 이 자리를… 무난하게 빠져나갈 수는 있을 테지.'

아마 나여주 역시도 그 정도는 생각했을 것이다. 애당초 나여주가 원한 것은 학교를 빠지고 충분한 게임 시간을 확보하는 것, 그런데 시간이 지체될 만한 일을 준비했을 리 없으니 말이다.

'그렇단 것은 최소한 이 상황에 순응하면 나 역시 게임 시간을 벌 수 있다는 것인데……'

그렇게 생각을 하던 나는 문득, 내가 하는 생각에 화들짝 놀랐다.

'이 미친놈이! 게임에 인생을 팔 생각이냐?'

내 나름대로의 경험에 비추어 보는 것으로 대부분을 파악한 여자라곤 하나, 그렇다고 그것이 감당할 수 있다는 것은 절대 아니었다. 단순히 좀 더 알고 있으니 화를 미연에 방지하는 정도가 가능할 뿐.

나여주의 남자 친구 선언이 오래갈 것이라곤 생각하지 않지만, 이 폭탄 발언으로 인해 겪게 될 참상은 상상조차 하기 힘들었다.

그렇게 내 생각이 점차 이 상황을 부정하는 것으로 기울어가고 있을 때, 예빈이란 소녀와 해후를 마쳤는지, 나에게 다가온 나여주가 불쑥 팔짱을 끼었다.

물컹—

"뭐, 뭐하는 거야!"

팔에 와닿는 감촉에 힘껏 팔을 빼려고 잡아당기던 나는 마치 이를 예상이라도 했다는 듯, 내 특별한 신체 능력조차 발휘하지 못하도록 팔의 관절 자체를 교묘하게 찍어 누르는 나여주의 억센 손길에 그 자리에 어정쩡하게 멈춰 서고야 말았다.

"야, 너… 대체 무슨 생각이야."

"아, 잠깐만 있어 봐. 금방 끝나니까."

수군수군.

가까이 밀착한 김에 나여주의 귓가에 대고 지금 상황에 대한 설명을 요구했지만, 나여주는 여전히 밝게 웃는 낯으로 복화술을 하는 양, 입술조차 미동 않고 대답해 왔다.

결국 나여주로부터 아무런 설명을 듣지 못한 나는 설핏 인상을 찌푸렸지만, 이내 그런 표정조차 세세하게 감시하는 수많은 시선들을 느끼고 밝게 웃는 표정으로 바꿔야만 했다.

그때, 마침내 그들 사이에서 말쑥한 중년의 남성이 앞으로 나섰다.

다른 사람들이 호기심, 경계, 불안 등 다양한 감정으로 나를 보고 있다면, 이 중년 남성은 내가 등장한 이래 지금껏 가장 큰 적의 어린 시선을 보내고 있던 사람이었다.

"그래… 부친은 뭘 하시나?"

"아빠! 초면에 그런 걸 물어보면 어떡해요!"

'아, 아빠……?'

순간 그의 이 거대한 적의가 이해가 가기 시작했고, 그의 거대한 위압감에 눌린 나는 저도 모르게 그간 단 한 번도 말하지 않고 있던 가정사를 대답하고야 말았다.

"아버지는 회사를……."

"그래? 회사를 운영하신다는 거지? 그럼 외국계 회사인가?"

"예? 아, 그, 그게… 그러니까……."

회사라는 단어만 꺼냈는데 회사의 경영자일 것이라 확신을 하는 나여주 아버지의 물음에 당황한 나는 이제라도 진실을 밝

힐까 깊은 고민에 빠졌지만, 이내 결심을 굳혔다.

'젠장, 이미 내친걸음…… 지금 와서 아니라고 해봤자 귀찮아지기는 매한가지야!'

특히 나여주가 나에게 팔짱을 끼는 순간부터 급격하게 커진 나여주 아버지의 적의는 이미 돌아올 수 없는 강을 건넜음을 직감하게 했다.

"예……. 뭐… 그렇습죠. 헤헤헤……."

"흠, 그래. 그럴 것이라 생각했지. 국내 어지간한 기업의 자제들은 다 알고 있는데 박대로라는 이름은 단 한 번도 들어본 적이 없거든."

"그, 그런가요?"

나여주의 아버지는 턱에 난 수염을 검지손가락으로 슥슥 문지르며, 아마도 외국계 회사들의 정보를 떠올리고 있는 듯 그 자세로 한참을 서 있었다.

덕분에 나로부터 신경이 분산된 것인지, 나를 향한 적의 어린 시선이 일부 흐려지는 것에 속으로 안도의 한숨을 내쉬긴 했지만, 이어진 기습에는 도저히 당황하지 않을 수 없었다.

"아니, 그런데… 여주야. 이 아비가 네 약혼자의 이름이랑 나이밖에 모른다는 게 말이 된다고 생각하느냐? 이 정도 물어볼 권리는 나에게도 있다."

"예에? 약혼이요?"

물음은 나여주를 향해 한 것이었지만, 대답이 튀어나온 것은 내 쪽이었다.

그도 그럴 것이 너무도 의외의 상황에서 전혀 상상치도 못한 말을 들었으니 당연한 것이었다.

하나, 동시에 나는 내 실책을 깨달았다.

휘둥그레 크게 떠진 내 두 눈에 비치는 많은 사람들의 눈에 의혹의 눈빛이 떠오르는 것을 확인한 것이다.

"예에~ 야, 약혼이죠! 하하! 제가 너무 기분이 좋은 나머지 그만… 죄송합니다. 하시던 말씀 마저 하시죠."

나름 대처를 한다고 재빨리 둘러대 보았지만… 이곳에 모인 사람들은 나여주 집안의 약혼을 축하하기 위해 온, 각자 맡은 분야에서 한가락씩 하는, 이른바 계산과 눈치가 빠른 사람들이었다.

그들 모두는 나의 이런 행동에서 위화감을 느꼈는지 우르르 내 주변으로 몰려왔고, 각자 준비한 질문거리가 있는 듯, 입을 우물거리기 시작했다.

위기에 빠졌음을 직감한 내가 변명거리를 찾아 머리를 굴리려던 그때, 의외의 인물이 나섰다.

"그만, 아비인 내가 대화하고 있는데 누가 함부로 끼어든단 말이냐? 다 물러서라."

방금 전까지 나를 죽일 듯 노려보던 나여주의 아버지가 나서서 나에게 다가오는 인물들을 물린 것이다.

'갑자기 무슨 심경의 변화가 있어서…….'

그의 행동이 이해가 안 가고 의심이 가긴 했지만, 그가 집안 내에서 가진 위치가 낮지 않은 듯 나를 향해 몰려들던 이들이 어느새 분분히 흩어져 각자 담소를 나누는 모습을 보였다.

그 모습이 화목한 집안의 모임과도 같아 경계심이 무뎌지려는 찰나, 나여주 아버지의 눈빛이 무겁게 나를 짓눌러 왔다.

그리곤 나여주를 보며 말했다.

"어차피 네 고집대로 할 테지? 빨리 끝내고 가고 싶기도 할 테고. 가져와도 좋다."

"앗싸! 아빠, 고마워요! 대로, 금방 다녀올게!"

무엇을 하고, 무엇을 가져온다는 말인가.

나로서는 이해할 수 없는 부녀의 대화였지만, 밝은 표정으로 다시 저택으로 들어가는 나여주의 모습을 보건대 그다지 나쁜 일은 아닌 듯싶었다.

"그래… 어디까지 갔나?"

"예……?"

조금 전까지 한껏 무게를 잡던 나여주의 아버지가 던진 물음은 잠시 멍해 있던 나에게 당혹감을 주기에 충분했다.

"크흠… 요즘 젊은 애들이 빠르다는 것은 알고 있다. 다만… 지켜야 할 선이라는 것은 있는 법이지. 언제나 그걸 유념해 두도록 하고……."

내 눈에서 당혹스러움을 읽은 것인지, 애써 시선을 피하는 나여주의 아버지는 나에게 은근한 압박을 주며 마지막 한마디를 남겼다.

"그리고… 내가 이런 말을 했다곤 여주한테 말하지 말도록!"

"예? 아, 예……."

그렇게 말하며 나로부터 성큼 물러선 나여주의 아버지는 금방 돌아온 딸의 모습에 씁쓸한 표정을 지으며 말했다.

"어차피 이런저런 절차는 생략할 테지?"

"한두 번도 아닌데요, 뭐!"

'뭐가……?'

다시 시작된 부녀 간의 대화를 이해하지 못한 내가 고개를 갸웃거리는 사이, 그녀의 아버지가 정원 곳곳에서 각자 떠들고 있는 이들을 향해 소리 높여 말했다.

"자, 지금부터 여주의 약혼식을 거행한다. 상대는 박대로, 여주의 동급생이라고 한다."

오오오―

그리 높지 않은 환호가 아름다운 정원에 울려 퍼졌다. 그저 멍하니 서 있는 내 앞에 나여주가 다가와 조금 전, 저택에서 가져온 손바닥 크기의 작은 반지 케이스를 꺼냈다.

딸각.

"……!"

평범한 모양의 반지 케이스였지만 막상 들여다보니 그 안에는 한눈에 봐도 고급스러워 보이는, 깨알 같은 다이아 몇 개가 박힌 은백색의 가느다란 실반지 한 쌍이 들어 있었다. 또한 각각 누구의 것임을 알리기라도 하듯, 하나는 크고, 하나는 작은 크기를 지니고 있었다.

"자, 각자 서로에게 끼워줘라. 그걸 끼면 약혼 성립이다."

어, 원래 약혼식이란 게 이렇게 일사천리로 진행되는 것이던가?

그리 많지는 않지만 어릴 적, 아주 어릴 적 경험을 비춰보건대… 내가 아는 약혼식이라는 것들은 대개 양가의 친인척이 모여 작은 파티를 하는 것처럼 진행되는, 그 과정 역시도 약식의 결혼식을 방불게 할 만큼 다양하고 복잡한 것인데.

결단코 여자 측의 집안 사람들만 옹기종기 모여, 그 아버지가 사회랄 것도 없는 사회를 보는 것으로 단 1분여 만에 성립하는 것이 아니었다.

덥석!

쏘옥—!

'어, 잠깐……?'

이 날치기 약혼식에 내가 잠시 정신을 못 차리는 사이, 나여주는 제 아버지의 말이 끝나기 무섭게 반지 케이스에서 큰 반지를 들어 내 왼손 약지에 쑥 끼워 넣었고, 어느새 내 손엔 작은 반지가 남아 있는 반지 케이스가 들려 있었다.

"어어… 잠깐……."

이루어 말로 표현하기 힘든 당황스러움에 내가 반지 케이스를 들고 굳어 있자, 나여주가 싱긋 웃어 보이며 말했다.

"너무 긴장하지 마, 처음만 그런 거야."

슥슥—

그렇게 말하며 내 굳어 있는 손을 슥슥 문지르는 모습을 보고 있자니, 어쩐지 외설스러움이 묻어나는 것 같아 속으로 진저리가 쳐졌다. 하지만 이내 지금의 이 흐름이 더 이상 나에게 반항할 기회를 주지 않고 있음을 깨달을 수 있었다.

부글부글.

어떻게 시선만으로 의성어를 전달하는 것인지는 몰라도, 뻣뻣이 굳어 있는 나를 노려보는 나여주 아버지의 눈빛에는 심중에 들끓는 뜨거운 솥단지가 당장이라도 나를 향해 엎어질 듯 펄펄 끓고 있음을 알 수 있었다.

꿀꺽!

'그래……. 이건 다 작전…이겠지?'

크게 침을 삼킨 나는 마침내 반지 케이스에 하나 남은 반지를 꺼내 들었고, 조심스레 나여주의 쭉 뻗은 손가락으로 향했다.

오오오—!

모두의 시선이 나와 나여주의 손으로 몰려들고, 그리고 잠시 뒤…….

와아아아!

쓸쓸한 웃음과 함께, 나는 나여주의 공식 약혼자가 될 수 있었다.

모두가 사라진 조용한 정원.

날치기에 불과하지만 약혼식답게 조촐한 파티를 치른 탓인지, 깨끗하게 가꾸어져 있던 정원은 어쩐지 어수선한 분위기로 바뀌어 있었다.

그리고 그런 어수선한 정원 한가운데에서, 조금 전까지 나여주와 박대로가 서 있던 자리를 가만히 노려보던 그녀의 아버지, 나대주가 자신을 향해 다가온 검은 양복의 고용인을 보며 말했다.

"다 찾아봐."

"예."

"외국계라곤 했지만… 전혀 그런 분위기는 안 느껴져. 어쩌면 국내에 우리가 관심을 두지 않던 분야 쪽의 인물일 수도 있어. 뒷배경은 물론이고 고향, 사돈의 팔촌, 좋아하는 것, 싫어하는 것, 오늘 입은 속옷 색깔까지 몽땅 알아와."

"…한 가지 알려드릴 게 있습니다."

"…뭔가?"

단호하게 명령을 내리던 나대주는 눈썹을 한차례 꿈틀거리며 반문했다.

그의 직속 부하인 이 사내는 여태껏 단 한 번도 자신의 명령에 토를 단 적이 없었기 때문이다.

"그간 아가씨께서 다니는 학교에서 박대로와 여주 아가씨가 몇 번 이런저런 일로 구설수에 올랐던 적이 있습니다. 그 일로 인해 저희 역시도 미리 박대로에 대해 조사를 했는데……."

"…그런데?"

"아무것도 찾을 수가 없었습니다."

꿈틀.

나대주의 눈썹이, 이번에는 이마와 함께 크게 출렁거렸다.

그가 아는 이 남자는 불가능을 모르는 남자였다. 특하나 누군가의 뒤를 캐는 데 있어서는 절대적이라고 할 만큼 완벽한 인물이었다. 현대를 살아가는, 전자 시스템 속에 신상 정보가 존재하는 인물이라면 절대로 그의 손아귀를 벗어날 수 없었다.

그런데, 그런 그가 박대로를 찾을 수 없다니?

"전자정보 미등록자라는 건가?"

"아닙니다. 정확히는 등록은 되어 있지만… 누군가 손을 쓴 흔적이 있습니다."

"손을 쓴 흔적이 있다? 그럼 그 흔적을 추적하면 되는 일 아닌가?"

나대주는 이해할 수 없었다. 아니, 이해하고 싶지 않은지도 몰랐다.

그가 아는 한 최고의 정보업자이자 국내 최고의 해킹 실력을 자랑하는 그가 흔적을 발견하고도 찾지 못했다는 것은 그 이상의 실력을 가진 자가 개입했다는 의미인바, 딸아이의 한순간의 치기로 생각한 일이 무언가 거대한 음모와 관계되어 있을 수 있다는 생각이 들었기 때문이다.

"절대로… 불가능한 건가?"

나대주는 문득 떠올렸다. 이 철두철미한 남자가 과연 아무런 대책도 없이 자신 앞에 모습을 드러냈을까, 그는 의심을 했다.

"시간을… 그리고 권한을 주십시오."

"시간이라면 당연히 줄 터이고… 권한이라면?"

"아날로그 방식으로 접근해야 할 것 같습니다."

"아날로그 방식이라?"

끄덕.

무겁게 고개를 끄덕인 그가 설명을 이었다.

"상대의 해커로서의 능력은 확실히 저를 압도합니다. 솔직히 말해 상대가 남긴 흔적조차 진짜가 맞는가 의심이 될 정도입니다."

"국내에 그 정도의 인물이 있단 말인가? 아니, 그 정도라면 꼭 국내에 한정지을 수도 없겠어."

"…맞습니다. 저 역시 국내에서 그만한 인물에 대한 소문을 들어본 적이 없으니, 만일 가능성이 있다면 해외의 인물이라고 생각을 하고 있습니다. 그렇기에 외국인으로선 함부로 접근하지 못하는 영역이 있다는 점을 이용해 볼 생각입니다."

"호오, 과연. 컴퓨터 영역에서는 불가능하지만 물리적인 기록이라면 다르다는 것이군?"

끄덕.

다시 한 번, 하나 이번에는 가볍게 고개를 끄덕인 남자가 말했다.

"이 세상 거의 대부분의 일이 컴퓨터를 통해 이루어진다곤 하지만, 그럼에도 불구하고 실제 서류상에 기록되는 것들은 있기 마련입니다. 다만 서류는 처박아놓고 컴퓨터로만 모든 일을 하기 때문에, 서류와 전산상의 차이가 있는 경우에도 미처 생각하지 못할 뿐이지요."

"그래, 그런 권한이란 말이지……."

잠시 고심을 하던 나대주는 이내 흔쾌히 고개를 끄덕였다. 아무도 모르게 들어갔다 나올 수 있는 정부의 전산망 대신 물리적 기록을 직접 확인하기 위해서는 몇 가지 번거로운 절차가 필요하지만, 그에게 있어 불가능한 것은 아니기 때문이다.

"감사합니다. 그럼 바로 작업에 들어가겠습니다."

"그래, 그러게."

그 말을 끝으로 돌아선 남자의 든든한 뒷모습을 보면서 만족스러운 웃음을 흘린 나대주는 이내 생각에 잠겼다.

'국내 최고의 해커로도 알 수 없는 남자라……'

문득, 오늘 약혼식 내내 최악의 모습만을 보이던 박대로의 모습이 떠올랐다.

그 둔하고 멍청해 보이는 모습에 얼마나 크게 실망했던가.

특히나 그에게 있어서는 드물게 기대하던 약혼식이었던 만큼 그 실망은 더했다.

'난생처음 여주가 직접 선택한 녀석이었는데……'

대로는 몰랐지만, 그간 나여주는 대로 외에도 사실 많은 약혼과 파혼을 한 역사가 있었다. 그리고 그 모든 과정은 나씨 가문을 위한 정략적 선택들이었고, 나여주는 가문을 위한 장기말로서 계속 움직여 왔다.

그런 그 아이가, 이제 불쑥 남자 친구를 데려와 약혼을 하겠다는 파격적인 발언을 했다. 때문에 집안의 모든 사람들은 경악하고, 동시에 흥분하고 기대했다. 그리고 오늘 모두들 실망을 했다.

'교활한 녀석이야……'

어눌한 첫인상으로 모두를 방심시켜, 나여주라는 나씨 가문의 후계자와 연결되고도 아무런 관심을 받지 않게 하다니, 수십 년간 정재계를 주무르면서 갖은 계략을 펼쳐 온 그조차도 생각하기 힘든 과감한 한 수였다.

그 얼빵한 얼굴 뒤에 어마어마한 배후가 있고 그 모습이 모두 연기였다니, 그는 소름이 돋았다.

'제발 위험한 일에 얽힌 게 아니어야 할 텐데…….'

나여주는 그에게 있어 늘그막에 얻은 소중한 자식이자, 수백 년간 이어온 나씨 가문의 모든 것을 물려받을 후계자였다.

만일 그녀에게 무슨 일이 생긴다면, 그는 한 자식의 아비로서도, 그리고 나씨 가문의 차기 수장으로서도 자신을 용서하지 못하리라.

'앞으로는 주의를 주는 게 좋겠어.'

이미 어릴 적부터 그녀는 자신도 모르는 사이 많은 위험에 처해왔고, 나씨 가문의 모두는 적극적으로 그녀를 보호해 왔다. 하나 이제는 다르다.

스스로 약혼자를 선택할 만큼, 그녀는 어른이 되었으며 스스로의 주관도 섰다.

이제 그녀는 자신 스스로를 보호할 줄 알아야만 했다.

그리고 그걸 가르치는 방식은… 아주 혹독할 터였다.

"이 아빠는… 널 믿는다."

엉망이 된 정원을 치우러 몰려오는 고용인들 사이를 걸으며, 나대주는 그렇게 중얼거렸다.

그리고 그것은 대로와 나여주의 고난의 시작이기도 했다.

"정 불편하면 다음 주쯤 헤어지지 뭐."

아주 불편한 약혼식이 끝나고, 날치기 약혼식에 대해 나여주에게 따져 묻자 나온 대답이었다.

애시당초 나여주는 오늘의 일을 학교를 빠지기 위한 수단으로밖엔 생각하지 않고 있었다. 학교를 빠지는 가장 쉽고 빠른 방법이 가족사와 관련한 일이라는 것을 잘 알고 있으니, 자신과 달리 학교를 빠지는 것에 타당한 이유가 필요한 나를 현장학습에서 빼내기 위해 가장 쉽고 빠른 길을 선택한 것이었다.

"하… 이걸 고맙다고 해야 할지…….”

그녀 나름대로는 나를 배려하여 함께 수업에 빠지는 방법을 생각해 낸 것일 테지만… 나로선 정말 끔찍한 경험이었다.

'그나저나 다음 주에 파혼을 하겠다니… 정말 괜찮은 거야?'

아무렇지 않게 다음 주쯤 파혼을 하자고 약속한 나여주였지만, 사실 그녀에게 있어서 파혼은 그다지 좋은 일은 아니었다.

이때까지 가문을 위해, 처음 보는 사람과 처음 만난 자리에서 정략적 약혼과 파혼을 몇 번이고 반복해 왔을 나여주다. 그 탓에 약혼이란 것에 대해 아주 쉽게 생각하는 경향이 생겨 버렸고, 그래서 이런 말도 안 되는 일까지 벌인 거라는 것을 안다.

하지만 약혼이라는 것은 앞서 말한 것처럼, 거대 기업이나 가문 사이에서조차 큰 의미를 두고 정략적으로 이용하고 있을 만큼 중요한 인륜지대사였다.

그녀 본인이야 신경 쓰지 않는다지만, 그녀가 직접 선택하여 데리고 온 약혼자와 단 일주일 만에 파혼해 버린다면 아무리 거칠 것 없는 나여주라도 부담스러운 상황이 될 수밖에 없을 터였다.

그리고 이런 사정을 대략적으로 직감한 나로서는 나여주의 파혼에 대한 호언장담이 부담스럽기만 했다.

비록 이런 내 생각도 어릴 적의 일을 바탕으로 한 것이라 최근의 상류층의 동향은 알 수 없지만, 그 옛날에도 파혼 딱지를 얻은 여성은 상대적으로 개방적인 상류 사회에서도 꺼려져 왔다. 간혹 보수적인 성향의 집안일 경우엔 자식의 파혼이 집안 대 집안의 큰 싸움으로 번지는 일도 종종 있을 정도였다.

'아무래도 부담스럽단 말이지.'

물론 그렇다고 약혼을 유지하고 싶냐고 한다면 나 역시 'NO'라고 대답할 테지만, 한 여자의 인생을 두고 생각을 한다면 심각하게 고려해야 할 문제였다.

'그럼… 한 달 정도? 그다음에 파혼하자고 해야겠다.'

남들이 들으면 뭐가 다르냐고 할 테지만, 나름 최선을 다해 나여주를 배려한 나의 생각이었다.

그러나 이런 안일한 생각이 나에게 어떤 곤란을 줄지, 나는 이때까지 알지 못했다.

Chapter 5

그녀가 아닌 이유

— 준비됐지?

끄덕.

조금 떨어진 성벽이 고개를 끄덕이듯 미미하게 꿈틀거리는 것을 확인한 나는 온 힘을 다해 몸에 힘을 주며, 코앞까지 다가온 이들에게 근육이 도드라진 내 본연의 모습을 드러냈다.

"어머? 이런 곳에 인간이 있었네?"

"헤에~ 누가 갖다 놨을까?"

지금의 나는 함부로 움직일 수 없는 처지였기에 처음부터 뜨지 않을 생각으로 눈을 꼭 감은 상태였지만 다른 감각은 그 어느 때보다 예민해진 상태였다.

〔초감각 (레어)

한 가지 이상의 감각을 차단, 혹은 그 감각에 집중하는 것으로 나머지 감각이나 집중된 감각의 효과를 끌어올린다. 일부 감각의 경우 종족의 한계 이상은 강화가 되지 않는다.

분류 : 공통

상승률 : 20%〕

특정 감각을 차단하거나, 필요한 감각에 집중하는 것으로 해당하는 감각을 최고조로 끌어올리는 이 레어 패시브 스킬은, 나여주에 비해 공격력 면에서 떨어지는 내가 미끼 역할을 하는 과정에서 얻게 된 아주 유용한 스킬이었다.

'기척은 둘… 성별은 알 수 없지만 아주 가까이에 있군.'

사실 목소리가 둘로 나뉘는 것만 들어도 상대가 둘 이상이라는 점은 누구나 알 수 있었지만 이 초감각으로 강화된 촉각과 후각, 청각은 각각 앞에 선 이들이 움직이며 보내는 바람과 그들의 체향, 그들의 숨소리마저 분별할 수 있었다. 때문에 그들이 정확히 두 명이며 어느 쪽에서 오는지도 확신할 수 있었다.

다만 아쉽게도 성별은 확인할 수 없었는데, 그도 그럴 것이 서큐버스와 인큐버스는 모두 이성을 유혹하는 특성을 지니는 탓인지, 성별에 관계없이 목소리엔 색기가 흐르고 체향은 달콤했으며, 주변에서 기이한 열기를 발산하기까지 했다.

그렇기에 나로선 시각을 차단한 채로 상대의 성별을 확인할 수 없었고, 그나마 확인할 방법이 있다면…….

스윽― 더듬더듬.

"와아~ 이거 엄청 잘 만들었네. 진짜 같다."

'…서큐버스!'

한동안 알몸으로 서 있는 내 몸을 눈으로만 감상하던 서큐버스는, 이내 호기심이 들었는지 내 허벅지 부근을 쓰다듬기 시작했고, 이내 점차 은밀한 곳에 손을 뻗어가기 시작했다.

― 크흠흠! 빨리 고, 공격해……!

나는 점차 허벅지 안쪽으로 들어오는 서큐버스의 매끄러운 손길을 느끼며 반대편 벽에 숨어 있을 나여주에게 메시지를 보냈지만, 어째선지 그녀가 움직이는 기척이 전혀 느껴지지 않았다.

'아니, 이 여자가 왜 이러는 거야!'

한시가 바쁜 상황에서 난데없는 잠수 행위를 하는 나여주의 행동에 속으로 눈살을 찌푸린 나는 다시 나여주를 재촉했다.

― 뭐해? 빨리 공격해!

― …….

하나, 그럼에도 나여주는 요지부동. 아무런 대답이 없었고 움직이는 기척도 느껴지지 않았다.

'아오, 답답해!'

현재 내 정조가 위험(?)에 빠진 이 급박한 상황을 빠져나가고 자 한다면, 일단 나여주의 도움을 바라기보다는 당장 역소환해 둔 엠페러를 불러내 기습을 하는 것이 가장 좋겠지만… 내가 이 렇게 애타게 나여주를 찾는 데는 또 다른 이유가 있었다.

'서큐버스만 아니었어도……!'

이들 몽마족의 특기는 이성을 유혹하여 종이나 먹잇감으로 삼는 것, 그런 특징 탓인지 전투 시에도 그 효력이 발동하여, 종 족을 불문하고 몽마족 이성을 상대로는 능력치가 반감하는 효 과가 있었다.

그런고로 지금 내 앞에 있는 것이 서큐버스라면, 전투 의지를 가지는 순간 능력치가 하락할 것이다. 운좋게 그전에 기습을 성 공시킨다 하더라도 옆에 다른 녀석이 있으니, 그쪽을 상대할 때 는 일정 시간 동안 능력치가 하락한 채 싸울 수밖에 없다. 즉, 전투 자체를 심각하게 불리한 환경에서 시작해야 한다는 것이 다.

'젠장, 하는 수 없나? 일단 나라도 다른 쪽에 있는 녀석을 기 습하는 게…….'

내가 이렇게 고민을 하는 사이, 이젠 양손을 들어 나의 엉덩 이를 크게 문지르기 시작한 서큐버스의 숨결이 허벅지에 닿기 시작했다. 그 아찔한 감각에 이성과 본능이 크게 충돌하려는 찰나, 나여주의 메시지가 들려왔다.

— 뭐하냐? 빨리 싸워.

퍼뜩!

나여주의 메시지가 들리기 무섭게, 감았던 눈을 크게 뜬 나는 앞의 상대가 누구인지도 확인하지 않은 채, 엠페러를 소환해 베어나갔다.

"소환, 엠페러! 대검 모드!"

촤아아앗!

"크하아악!"

밝은 빛무리와 함께 내 손에 소환되자마자 날카로운 부리와 날개를 곧게 치켜세운 엠페러가 단숨에 앞에선 녀석의 가슴을 베었다. 순식간에 절대적인 절삭력을 지닌 엠페러의 날개에 큰 상처를 입은 녀석이 비틀거리며 뒤로 물러나는 것이 보였다.

'지금부터는 내 스탯이 하락할 테니 나여주의 마법 지원을 기다려야……!'

나여주의 메시지와 함께 공격을 시도하긴 했지만, 상대가 서큐버스임을 알고 있었기에 무리해서 공격해 들어가지는 않았다. 어차피 나여주 역시도 이런 상황을 고려했을 테고, 당연히 마법으로 전투를 지원할 것이라 생각했기 때문이다.

하지만.

"……."

"……?"

멀뚱히 서 있던 나는 문득 마땅히 들려야 할 두 가지 소리가
들리지 않는다는 것을 깨달았다.

첫 번째는 나여주가 전개하는 지원을 위한 마법의 발동음이
었고, 두 번째는 서큐버스를 상대로 검을 뽑은 내가 마땅히 겪
게 되는, 능력치 하락을 알리는 알림음이었다.

— 야, 뭐해! 빨리 싸워!

"…어?"

무언가 잘못되었음을 깨달았을 때는 이미 늦은 감이 있었다.

어느새 크게 베인 가슴을 마력으로 지혈한 뒤 기분 나쁜 괴소
를 흘리며, 인큐버스…가 나를 노려보며 입맛을 다시고 있었기
때문이다.

"크흐흐… 이거 이런 데서 인간을 마주칠 줄은 몰랐는데 말
이야……."

"…너였냐?"

"응?"

싸늘한 내 목소리에 괴소를 흘리던 인큐버스는 잠시 고개를
갸웃거렸고, 이를 본 내가 조금 더 자세히 물었다.

"조금 전에… 내 엉…덩이를 쓰다듬은 게 너냐고 물었다."

"응? 크흐흐흐, 그거 말인가? 나도 모르게 내 취향인 '물건

을 봐서 말이지."

싸아아악—

그 말 한마디에, 주변의 온도가 급격히 내려갔다.

그리고 동시에 내 귓가로 새로운 알림음이 울려 퍼졌다.

〔냉정한 분노

가장 큰 분노는 오히려 차갑게 타오르는 법. 버프 발동 시, 혹은 실제 분노 상태에서 냉정함을 유지시켜 주고 추가 공격력이 생긴다.

분류 : 공통 버프

추가 공격력 : 5%〕

짤막한 효과 설명과 간단한 스킬 옵션, 그것은 지금의 내 심정을 가잘 잘 나타내 주는 것들이었다.

"넌… 죽을 것이다."

"으응? 그건 내가 해야 할 말 아닌가? 감히 이 아름다운 몸에 상처를 내다니 말야."

그렇게 말하며 자신의 가슴에 흐른 피를 손으로 훑어 핥아먹는 녀석의 모습은 남녀를 불문하고 매혹적이라는 생각이 들 만큼 기괴한 아름다움을 뽐내고 있었지만, 내 눈에는 오직 하나, 녀석의 피칠갑을 한 손밖에는 들어오지 않았다.

'저 손…! 저 손이란 말이지!'

조금 전까지 내 허벅지와 엉덩이를 더듬거리던 것이…….

목표를 확인한 나는 더 이상 망설이지 않았다.

"죽어라아아앗!"

츠파아아앗!

인간의 시각으로는 도저히 따라잡을 수 없을 만큼 전력을 다한 뜀박질에 한껏 여유를 부리던 인큐버스 녀석의 얼굴이 사색으로 변했다. 그리고 이 모든 상황을 흥미롭다는 듯 지켜보던 녀석의 동료 서큐버스 역시 위험을 감지하고 싸움에 끼어들고자 했지만, 그녀가 움직이는 것만을 노리고 있던 나여주에 의해 불발에 그치고 말았다.

"트리플 매직 애로우! 인챈트 아이스! 오토 타겟!"

파파팡!

나무 그림자에 가려 잘 보이지 않던 성벽 한 켠에서 뿜어져 나온 세 발의 매직 애로우가 정확히 서큐버스의 등 뒤를 노리고 날아가, 두 발이 그 목적을 이루며 서큐버스를 타격했다.

퍼벅!

"크흐윽! 어떤 놈이냐!"

"나란 년이시다! 골든 썬더!"

쯔파아앙!

그렇게 두 여자의 치열한 싸움이 시작되는 동안, 나의 온 힘을 다한 돌진에 사색이 된 인큐버스는 미처 방어할 시간도 갖추지 못한 채 자신의 손을 향해 날아드는 엠페러를 무방비로 맞아야만 했다.

스커억!

"크하악!"

손목이 절단되는 고통 때문일까, 아니면 이번에 새로 습득한 버프의 추가 공격력 탓일까. 인큐버스가 비명을 지르며 후다닥 물러났다.

아마 둘 모두일 거라 생각하며 나는 고통에 찬 음성을 내뱉는 인큐버스를 노려봤다.

'조금 전엔 기습이라 효과적으로 공격하긴 했지만… 두 번은 통하지 않을 거야.'

냉정한 분노는 단숨에 몰아쳐야 할 것 같은 이런 상황에서도 정확한 판단을 할 수 있도록 머리를 차갑게 식혀주었다. 나는 자연스레 무리하지 않는 선에서 다음 공격 기회를 기다렸다.

물론 이대로 연속 공격을 한다는 선택지도 지금으로선 나쁘지 않았지만, 상대는 누가 뭐래도 마족. 절대 방심해서는 안 되는 존재였다.

특히나 방금 전 돌격의 경우, 내 무식한 힘 스탯이 만들어낸 갑작스러운 속도로 인큐버스가 당황했기 때문에 쉽사리 공격에 성공한 것이지, 사실 마족에 날개까지 달고 있는 인큐버스라면 충분히 피해낼 수 있는 속도에 해당했다.

'기회를… 기다린다……!'

"이… 인간 노오오옴……!"

상대는 분노에 이성을 잃은 상태. 심지어 치명상을 두 군데나 입었고, 그중 한 곳은 손이라서 전투력까지 반감된 상태였다. 누가 뭐래도 유리한 상황, 나로선 급하게 나설 이유가 없었다.

파다다닥!

'역시 마족은 마족인가!'

다소 경박스럽게 들리는 날갯짓 소리와 함께 분노에 차 날아드는 인큐버스의 날카로운 손톱 공격은 손톱 열 개 중 다섯 개를 잃어버렸음에도 불구하고 위협적이었다.

스카악!

허공에 다섯 개의 실선을 만드는 손톱의 궤적을 아슬아슬하게 피해내며, 나는 인큐버스의 쭉 뻗은 손의 안쪽으로 팔을 꺾어 넣으며 동시에 엠페러 대신 금빛 엄니로 녀석의 겨드랑이 밑을 공격해 나갔다.

푸욱!

"크아아아악!"

겨드랑이 밑이 급소에 해당하는 부분이긴 하지만, 단 한 번의 공격에 적중한 것치곤 큰 비명을 지르는 인큐버스에 내심 나는 의아함을 느꼈다.

그러나 사실 인큐버스가 받은 대미지는 결코 적지 않았다.

〔아크로바틱 발동 중〕

〔히트 앤 런 발동 중〕

〔냉정한 분노 발동 중〕

당장 내 몸을 보조하는 이 세 가지의 버프는 내 재능인 잡학다식의 효과로 모두 5배 뻥튀기된 상태. 즉, 지금 나의 공격은 아크로바틱과 히트 앤 런에 의해 거의 무조건 크리티컬로 적용되고 있었다. 동시에 냉정한 분노 덕에 모든 공격이 25%의 추가 대미지를 가지고 있었다.

그런 공격을 급소에 맞았으니, 제아무리 단단한 몸과 강한 체력을 지녔다고 한들 쉽게 버틸 수 있을 리 없었다.

'다음엔 엠페러다!'

조금 전엔 아크로바틱과 히트 앤 런의 효과를 발동하기 위해 엠페러보다 가볍고 빠르게 휘두를 수 있는 금빛 엄니로 공격을 가했지만, 버프의 효과를 최대로 받고 있는 나는 이미 두려울 게 없는 몸이었다.

"크흐윽… 인간 따위가아아……!"

"……."

겨드랑이에 공격을 받고 그나마 남아 있던 한쪽 손마저 공격이 여의치 않게 되자, 녀석은 나로부터 최대한 멀찍이 떨어져 눈치를 보기 시작했다.

아마도 나여주와 싸우고 있는 서큐버스의 합류를 기다리는 것이리라.

피식.

나는 녀석의 빤히 보이는 생각에 가볍게 비웃음을 날려줬다.

녀석의 생각이 워낙 단순하기도 했지만, 그보다는 서큐버스가 살아서 자신을 도울 거라고 생각하는 것이 우스웠기 때문이다.

'저 녀석이 서큐버스에게 질 리가 없지.'

나여주를 향한 절대적인 믿음, 그것은 몇 번이고 지금과 같은 상황을 반복하면서 생긴 굳은 신뢰였다.

"골드으으은! 콜링 썬더!"

콰자자자자자작!

"끼아아아아악!"

만신창이가 된 서큐버스의 몸 주변에 그녀의 몸을 완전히 덮을 정도로 많은 수십 개의 마법진이 생겨나더니, 이내 그 안에 갇힌 서큐버스에게 샛노란 번개를 쏟아냈다. 완전히 직격당한 서큐버스의 비명을 들으면서 나는 싸움의 결과를 직감할 수 있었다.

"이런, 젠장!"

파다다닥!

하나 결과를 예측한 것은 나뿐만은 아닌 듯, 인큐버스가 뒤로 몸을 날리며 예의 그 경박한 날갯짓으로 빠르게 뒤로 물러나기 시작했다.

"놓칠 줄 알고!"

투콰아아아—!

나는 다시 한 번 돌진을 시도했다.

그리고 그 속도는 날아서 물러서는 인큐버스를 가볍게 압도했다.

'직선형 움직임이라면… 놓칠 이유가 없지!'

나의 무지막지한 힘으로부터 뿜어져 나오는 돌진력은 누가 뭐래도 직선형 움직임에 특화되어 있었다.

어마어마한 힘에 가속도까지 더해진 내 공격은 아마 내 수준보다 몇 백 레벨 더 높은 몬스터라도 경시할 수 없을 것이다. 물론 저렇게 상처를 입고 도망치는 인큐버스 정도라면 단숨에 두 쪽을 내더라도 전혀 이상할 것이 없었다.

다만 이런 강력한 기술도 어쩔 수 없는 약점이 있었으니, 바로 방향 전환이 안 된다는 점이었다. 내 특별한 신체 능력과 일부 민첩 스탯이 움직임을 보조해 주고는 있지만 그뿐, 나 스스로도 주체하기 힘든 속도는 조건에 완벽히 들어맞는 특별한 상황이 아니라면 아무래도 위험할 수밖에 없었다.

하지만 지금 이 순간. 인큐버스가 최단 거리로 성의 본채를 향해 날아가려 하는 이 순간은 바로 그 조건에 완벽히 부합했다.

"잡았다!"

"흐아아악!"

스커어억!

다른 기술이 필요 없는 깔끔한 돌진 베기가 날아가던 인큐버스의 등허리를 길게 베어냈고, 인큐버스는 한심하기 짝이 없는 비명을 지르며 곧장 바닥에 추락했다.

그리고 더는 움직이지 않게 되었다.

"⋯⋯."

등판이 쩍 갈라진 채 혀를 길게 빼물고 죽은 처참한 모습은 꽤 익숙해졌다고 생각했건만 여전히 불편한 광경이었다.

특히나 녀석의 겨드랑이를 찔렀을 때 금빛 엄니를 잡은 손으로도 느껴지던, 살을 움푹 파고 들어가는 그 촉감은 가히 말로 하기 힘들 만큼 더러운 기분을 안겨주었다.

그에 비해 엠페러의 경우 너무도 강력한 절삭력 때문에 베어내고 나면 가장 잔혹한 모습이 되지만, 막상 베는 순간은 비현실적으로 아무런 감각이 느껴지지 않았기에 감촉 면에서는 엠페러 쪽이 낫다고 할 수 있었다.

물론 그 결과는 어느 쪽도 좋다고 말하긴 힘들지만⋯⋯.

"익숙해지고 있는 거겠지."

"응? 무슨 말인가, 주인?"

내 혼잣말을 들은 엠페러가 쭉 뻗고 있던 머리를 내쪽으로 향하며 물었다.

"아니, 아무것도 아니야."

"…?"

나와 엠페러가 인큐버스의 시체를 두고 서 있는 사이, 저 멀리서부터 나여주가 뛰어오는 게 보였다.

"잡았어어어~?"

마치 광고 속 꽃밭을 달리는 소녀처럼 상큼한 미소를 지으며 달려왔지만… 몸매가 훤히 드러나는 슈트 위로 마법의 흔적인 듯 먼지를 가득 뒤집어쓴 그 모습은 어디서 온 건지 모를 피난민 하나가 살기 위해 뛰어오는 꼴로 보일 뿐이었다. 그래도 나는 양팔을 펴 들고 화답하듯 외쳐 주었다.

"잡았어어어~!"

"하악, 하악, 잡았네?"

"그래, 잡았다니까."

꽤 큰 목소리로 외쳤음에도 불구하고 듣지 못한 모양이었다. 쓰러진 인큐버스의 시체를 보며 씨익 웃어 보이는 나여주의 모습은 어쩐지 좀 기괴해 보이기도 했지만, 내심 나 역시도 지금 전체의 결과에는 꽤 흡족해하고 있었다.

'앞으로 백 마리……!'

퀘스트 창의 한 켠, 퀘스트 진행도를 나타내는 곳에는 앞으로

100마리가 남았다는 표시가 선명하게 빛을 발하고 있었다.

"그래… 앞으로 백 마리만 더 잡으면 이 짓도 끝이야."

"후후… 그래? 백 마리란 말이지?"

"그래."

누구보다 이 카운트에 신경 쓰고 있는 나여주가 몇 마리가 남았는지 모를 리는 없었지만 그녀의 웃음이 어느 때보다도 밝아 보였기에 나는 적당히 긍정해 줬다.

"그래, 앞으로 백 명이나 더 우리 애들을 잡을 계획이었단 말이지?"

"그래, 앞으로 백… 뭐?"

"주인, 위험하다!"

투콰아아앙!

부지불식 간의 일이었다.

음흉한 목소리와 함께 씨익 웃어 보인 나여주는 나에게 근접한 상태에서 단숨에 마법을 발사했고, 내가 이상을 느끼는 순간 그보다 먼저 나여주의 변화를 포착한 엠페러가 펭귄 댄싱으로 자신의 몸을 휘둘러 날아오는 마법을 받아냈다.

"엠페러!"

"난 괜찮다, 주인!"

상당히 강력한 폭발에 뒤로 튕겨져 나오기까지 했지만, 역시 무지막지한 엠페러의 체력과 방어력에는 소용이 없는 듯 엠페러는 멀쩡한 목소리와 표정으로 고개를 끄덕였다.

"젠장! 저 녀석 왜 저러는 거야? 갑자기 미치기라도 했나?"

"저건 우리 여자 마법사가 아니다, 주인!"

"뭐?"

나여주가 나여주가 아니라는 엠페러의 말에 내가 되묻는 사이, 폭발의 연기를 뚫고 모습을 드러낸 가짜 나여주는 다시 처음의 맑은 웃음을 지으며 말했다.

"호호, 똑똑한 펭귄이네? 어떻게 내가 그 인간 여자가 아닌 걸 알았지?"

흥미롭다는 듯 아직 내 손에 들린 엠페러를 보며 눈을 빛내는 가짜 나여주였지만, 이내 이어진 엠페러의 대답에 복잡미묘한 표정을 지을 수밖에 없었다.

"흥! 그야 당연히 알 수 있지. 우리 인간 여자 마법사는 그 수영 슈트를 입은 이래 단 한 번도 우리 앞에서 그렇게 망토를 펄럭이며 뛰어온 적이 없다! 언제나 망토 틈새로 언뜻 종아리와 허벅지를 보여줄 뿐이었지! 평소에는 망토를 똘똘 말고 있어서 툭 튀어나온 가슴이나 엉덩이의 라인만 살짝 보이는 정도였고, 그러다가 한 번씩 무방비할 때만 남성의 야심을 자극하는, 아주 굉장한 여자였다! 야한 옷을 입었다고 가슴을 출렁거리면서 아무렇게나 뛰어오는 너와는 다르다!"

너 말 잘한다?

평소 단답식의 대화를 하던 녀석이 맞나 싶을 만큼 청산유수로 말을 쏟아내는 엠페러는 조금 전 자신의 말을 나여주 본인이 들었다면 어떻게 되었을지 생각지도 않는 듯, 오히려 내 손에 들린 채로도 자랑스럽다는 듯 팔짱까지 끼며 콧방귀를 뀌었다.

그렇게 나와 가짜 나여주를 당황시킨 녀석은 아직 끝나지 않았다는 듯 나에게 동의를 구하는 질문까지 했다.

"그뿐인 줄 아나? 우리 인간 여자 마법사는 평소에 걸을 때 성큼성큼, 남자처럼 걷지. 그 덕에 종종걸음 치는 것보다 망토가 많이 펄럭여서 내 시선에서는 정확히 무릎 언저리까지 보인다. 그에 반해 네 걸음걸이는 엉덩이를 씰룩씰룩거리는, 전형적인 요부의 걸음걸이다! 그것도 나쁘지는 않지만 분명 우리 인간 여자 마법사와는 다르다! 그렇지 않은가, 주인?"

"어? 어… 응… 아마……."

내 자신 없는 대답에도 엠페러는 기죽지 않은 듯 오히려 부리를 높이 치켜세우며 흥흥, 콧방귀를 뀌었다.

아마도 자신의 분석에 자부심이 굉장한 듯싶다.

'뭐라고 말해야 할까…….'

아무 말도 못하는 저 가짜 나여주를 보건대 엠페러의 분석이 틀린 것 같지는 않았지만… 도저히 뭐라고 표현하기 힘든 이 분위기가 나를 우물쭈물하게 만들었다.

그때, 가짜 나여주가 먼저 움직이기 시작했다.

"그래? 그런 차이가 있는 줄은 몰랐네? 자고로 남자라면 이런 거⋯⋯."

찌이익—

"허억!"

"헙!"

한 걸음, 우리에게 다가오며 몸에 딱 달라붙은 수영 슈트의 허벅지 부근을 손톱으로 잡아 뜯는 가짜 나여주의 모습에 나는 주춤, 뒤로 물러섰고 엠페러는 고개를 앞으로 쭉 뻗었다.

"또 이런 거⋯⋯."

찌이익— 찌이익—!

이번엔 두 곳이었다.

양쪽 허벅지에 구멍을 낸 데 이어 배 위에도 배꼽티마냥 길게 구멍을 낸 가짜 나여주는 계속 가까이 오며 수영 슈트를 찢어 자신의 몸을 드러냈고, 그럴수록 나와 엠페러의 호흡은 거칠어져 갔다.

찌이이이익—!

"이런 걸 다 좋아하는 줄 알고⋯ 미처 그런 세세한 부분은 준비하지 않았지 뭐야?"

만신창이가 된 듯, 온 몸 구석구석 구멍이 난 수영 슈트였지만, 놀랍게도 아직 형체를 유지하고 있는 모습이었을 뿐 아니라 그 찢어진 틈새로 가짜 나여주의 풍만한 몸매를 슬쩍슬쩍 드러내며 우리를 강렬하게 유혹하고 있었다.

현기증을 느끼게 하는 그 아찔한 모습에 나와 엠페러가 정신을 차리지 못하고 마침내 가짜 나여주를 향해 조금씩 걸어가기 시작했고, 어느새 우리는 가짜 나여주가 손을 뻗으면 당장이라도 닿을 곳에 도달해 있었다.

그 순간.

콱!

"크윽! 이런 곳에 왜 돌이……!"

멀거니 가짜 나여주를 향해 다가가던 도중 내가 밟은 것은 조금 전 인큐버스가 죽은 곳에 떨어진 인큐버스의 전리품이었다.

날카로운 손톱 모양의 그것은 용도를 알 수 없는 아이템이었지만, 오늘의 처참한 죽음에 복수라도 하듯 내 발이 닿는 위치에 솟아나듯 꽂혀 있었다.

띠링!

〔행운 발동!〕

〔직감 발동!〕

〔행운이 상승했습니다.〕

〔'매혹'에 저항했습니다.〕

'매…혹?'

오랫동안 잊고 있던 능력치의 이름과 함께 내 눈앞에 나타난 것은 상태 이상에 저항했음을 알리는 시스템 메시지였다.

"젠장! 피해!"

"늦었다!"

내 행동에서 이변을 눈치챈 것일까. 위기 상황을 직감하고 크게 몸을 뺐지만, 시간이 지나 버프 효과가 풀린 지금 가짜 나여주의 길어진 손톱을 피하기엔 역부족이었다.

슈콰아악!

"크으윽!"

가슴을 훑는 화끈한 통증에 정신이 번쩍 든 나는 아직도 멍하니 서 있는 엠페러를 향해 손을 뻗었다.

"역소환! 소환, 엠페러!"

파아앗!

"으응? 주인?"

아직 무슨 일인지 정신을 차리지 못한 듯 내 손에 들려 있는 상황임에도 오히려 내 쪽을 보며 되묻는 엠페러. 나는 속으로 고개를 저었지만, 가짜 나여주의 날카롭기 그지없는 손톱 공격에 대응하려면 역시 공수 양면으로 활용할 수 있는 엠페러를 활용하는 편이 좋았다.

가짜 나여주 역시 엠페러가 들려 있을 때의 공격력을 인큐버스의 죽음을 통해 확인한 탓인지, 내 움직임을 경계하는 모습이었다. 나는 그 모습에 재빨리 도망갈 방법을 구상하려 했다.

하지만.

〔몽마족의 패시브 효과가 발동됩니다.〕

〔모든 스탯이 30% 하락합니다.〕

'30%라고?'

과다 출혈로 흐려지던 시야가 순간적으로 밝아졌다.

몽마족의 패시브 효과는 상대와의 레벨 차에 따라 효과가 증가하는 바, 30%의 하락 효과라면 최소한 보스급 몬스터라는 의미였다.

묵직.

'젠장… 엠페러를 겨눴을 뿐인데.'

공격보다도 방어 전제하에 무기를 들었을 뿐인데도 자연스럽게 발동하는 몽마족 패시브 스킬에 절로 이가 갈렸다. 게다가 스탯 30% 저하의 영향으로 점차 무거워지기 시작하는 엠페러의 존재는 부담스러울 정도가 되었다.

'힘만이라면 부족하지 않을 텐데……!'

하지만 그 힘을 보조하는 체력과 민첩 등의 스탯이 모두 하락한 이상 피할 수 없는 결과였다.

"어머? 그런 몸으로 싸우게?"

"크…….."

분한 마음에 침음성을 흘렸지만 반박할 수는 없었다.

주르르륵―

가슴을 타고 흐르는 뜨거운 핏줄기, 심장이 요동칠 때마다 치

솟는 피 분수가 조금 전 손톱에 긁힌 것이 상상 이상의 치명상이었음을 알려주고 있었다.

거기에 스탯상 체력조차 30% 감소한 상태였으니… 아마 이대로라면 얼마 못 가 과다 출혈로 죽고 마리라.

"그렇다고… 포기할 순 없지!"

휘청거리는 다리에 힘을 주고 당당히 자리에 섰다.

앞으로 100마리.

고지가 눈앞이었다.

죽었다 살아난다고 한들 퀘스트가 어디 가버리는 것은 아니지만, 그로 인한 접속 불가 페널티는 너무 크다.

'최소한 도망치기라도……!'

문득, 펭귄 왕국을 떠나기 전 받은 세 번째 아이템이 떠올랐다.

잠입과 은신에 특화된 두 장비와 달리 단 한 번만 사용할 수 있는 소모성의 아이템.

그 또한 지금 낀 장비들만큼이나 기상천외한 효과를 지닌 물건이지만, 그 효과는 분명 이 상황을 탈출하는 데 도움을 줄 수 있을 터.

'지금이야말로……!'

인벤토리를 떠올리며 허공에 손을 뻗자, 펭귄 왕국을 떠날 때 받았던 물풍선의 물컹한 감촉이 느껴졌다. 아이템의 효과에 확신이 있던 만큼 손안 가득한 감촉에 한편으로 안도감이 들었다.

하지만.

퍼억—!

"커…헉……."

"주인!"

이런 나의 수상쩍은 행동이 의심을 샀던 것일까, 잠깐의 방심, 잠깐의 안도가 나를 수렁으로 이끌었다.

보다 확실하게 하기 위해 엠페러를 방패처럼 들어 앞을 가리고 있었건만, 오히려 그것이 독이 되어 상대의 움직임을 미처보지 못한 것이다. 여태까지 본 다른 몽마족과는 달리 우아한 날갯짓으로 소리 없이 다가온 상대의 날카로운 손톱을 나는 피할 수 없었다.

"주인! 주인! 이대로 쓰러지면 안 된다! 주인!"

"호호호!"

나를 애타게 부르는 엠페러의 목소리, 그리고 그 곁에서 낭랑한 목소리로 웃어 보이는 가짜 나여주의 목소리가 둔해져 가는 감각사이로 파고들었다.

'도망…가……'

나의 목소리가 엠페러에게 닿았기를 바라며, 눈꺼풀의 무게를 감당하지 못한 나는 까무룩 잠에 빠져들었다.

◈   ◈   ◈

흠칫!

"음? 왜 그러나?"

마계 남부, 남동쪽 다크 엘프의 숲.

숲 한복판 공터에서 다크 엘프 파울에게 가르침을 받으며 훈련을 하던 벨라는 갑작스레 느껴진 낯선 불안감에 흠칫 몸을 떨었다.

"지금… 뭔가 이상한 기분이……."

"흠, 아마도 이 숲의 기운에 아직 적응하지 못한 것일 테지. 상상 이상으로 빠르게 적응하고 있다지만, 중간계의 엘프에겐 불편한 기운일 테니까."

"그거랑은 조금 다른 것 같았는데……."

별것 아니라는 듯 말하는 파울의 대답에 고개를 갸웃거린 벨라였다.

그간 이곳 숲에서 느껴온 기운은 마기와 숲의 자연력의 융합인바, 조금 꺼려지는 감이 있더라도 그런 섬짓한 불안감을 준 적은 없었다.

오히려 이것은 위기에 빠진 순간… 위협적인 적을 마주했을 때의 느낌과 비슷했다.

'파울 씨의 기세랑도 다른데…….'

분명 여태껏 느껴본 기운들과는 확연히 다른 이질적인 기운이었지만, 벨라는 차마 파울에게 대꾸하지 못했다.

그간의 경험을 떠올려 봐도 훈련 도중 파울이 다른 이야기에 귀 기울이는 경우는 단 한 번도 없었기 때문이다. 오히려 그는 벨라가 조금이라도 훈련에 집중하지 못한다고 생각되면 가차 없이 지금처럼 기습을 가하고, 벨라가 쓰러질 때까지 무차별 구타를 해버리는 몰인정한 인물이었다.

그리고 지금 이 순간도 평소와 다르지 않았다.

"집중!"

파아앙―!

공기가 터지는 소리와 함께 자리에서 사라진 파울이 어느새 벨라의 옆에서 모습을 드러냈다.

슈콰아아앙!

그와 동시에 이어지는 어마어마한 힘을 담은 주먹질, 엘프로 선 드물게 극한까지 단련된 그의 팔 근육이 울끈불끈 근육을 드러내며 가냘픈 벨라의 옆구리로 쏘아져 오고 있었다.

"하아압!"

터어어엉!

하지만 벨라라고 이곳에서의 십여 일간 놀고 있던 것은 아니다.

예전보다 한층 유려해진 벨라의 방패 움직임은 정면을 향하던 상태에서 방패를 옆으로 기울이는 것으로 완벽하게 측면을 방어해 냈고, 자신의 옆구리를 노리던 파울의 주먹을 깔끔하게 막아냈다.

"좋은 움직임이다!"

이에 파울이 칭찬했고.

"감사합니다!"

벨라는 칭찬에 기뻐했다.

하지만.

퍼억!

"하지만 주먹은 두 개지."

"끄으으……."

방패를 옆으로 기울이며 드러난 벨라의 어깨가 주먹을 맞아 움푹 들어갔고, 벨라는 휘청이며 옆으로 기울어졌다. 과연 저런 주먹을 맞은 어깨가 무사할까 싶을 정도의 무지막지한 괴력이었지만, 벨라는 다친 팔을 대신해 반대쪽 손으로 방패를 들며 이어져 들어오는 공격에 반응했다.

텅! 터터터텅!

"하핫! 이제 제법 하는구나!"

단 일격에 기능을 상실한 팔을 축 늘어뜨린 채, 다른 한 팔로만 방패술을 펼치고 있는 탓에 상대적으로 평소보다 느린 모습이었다. 그러면서도 어떻게든 무차별적으로 쏟아지는 파울의 공격을 받아내는 벨라였지만, 그것도 한계가 있었다.

방패를 사이에 두고 요리조리 몸을 숨기며 최소한의 움직임으로 효율적인 방어를 해보았지만, 완충제가 없는 통짜 철 방패는 직격만을 막아줄 뿐, 대미지의 일부는 천천히 벨라의 몸에 누적되어 갔다.

그리고 마침내.

쩌어어엉!

지금까지와는 다른 음향과 함께 벨라의 방패 위로 가느다란 금이 새겨졌다.

"음?"

의외에 상황에 놀란 것이었을까. 파울이 눈을 치켜떴고, 파울의 강력한 공격에 뒤로 물러서던 벨라는 튕겨져 나가던 몸을 강제로 끌어당기며 필사의 반격을 펼쳤다.

우지직—!

물리법칙에 위배되는 행동을 한 벨라의 디딤발에서 근육과 뼈가 찢겨져 나가는 듯, 괴상한 소리를 냈다. 하지만 이를 통해 안정된 자세와 추진력을 얻은 벨라의 방패가 당장이라도 파울의 목을 때려 부술 듯 쏘아져 갔다.

그 순간.

땡땡땡땡!

멈칫—!

"……."

"……."

마을의 위험을 알리는 경종과 함께, 파울의 목으로부터 한 치 앞, 벨라의 방패가 멈춰 섰다.

또다시 방금 전의 공격을 급격히 멈춘다는, 물리법칙에 위배되는 행위를 한 대가로 다시 한 번 벨라의 몸에서 우지직 하는 소리가 울려 퍼졌다. 그러나 이에 신경 쓰는 사람은 적어도 이 공터엔 아무도 없었다.

"…제법이군."

"후후… 아무렴, 누구한테 배웠는데요."

죽음을 목전에 두고 있던 것 치고는 담담하기 짝이 없는 파울의 말에, 벨라 역시 씨익 웃어 보이며 대꾸했다.

그때, 수풀을 헤치고 다크 엘프족의 전사가 뛰쳐나오며 파울에게 외쳤다.

"전사장님……!"

멈칫!

파울의 뒤쪽에서 튀어나온 다크 엘프 전사는 눈앞에 보이는 기묘한 대치 상황을 믿을 수 없다는 듯 바라보았다.

"이봐, 무슨 일이냐."

다크 엘프 전사는 이내 파울의 다그침에 정신을 차린 듯 소리쳤다.

"아! 그, 그게… 침입자입니다!"

꿈틀.

순간 파울의 눈가가 크게 출렁이고, 여전히 목전에 방패의 모서리를 두고 있던 파울이 어느샌가 슬쩍 들고 있던 다리를 내리며 크게 한 걸음 물러섰다.

훈련을 시작한 이래 파울이 먼저 물러선 것은 처음 있는 일이었기에 벨라가 휘둥그레 눈을 떴다. 그리고 이내 충격적인 말을 들을 수 있었다.

"오늘은 내가 졌다."

"예? 예에?"

"그렇다고 자만하지 마라, 오늘은 드물게 내가 방심을 한 탓이니까."

파울의 말에 얼떨떨한 표정으로 정신없이 고개를 끄덕인 벨라는 이내 파울로부터 포션 한 병을 받을 수 있었다. 지난 십여 일간 계속해서 이런 치열한 싸움을 할 수 있었던 이유인 최상급 포션이었다.

"오늘은 그걸로 치료를 하고… 옷도 갈아입고 쉬도록 해라. 훈련은 침입자를 물리칠 때까지 잠정 중단이다."

찰각— 치잉!

기묘한 쇳소리와 함께 몸을 돌려 공터를 빠져나가는 파울을 보던 벨라는 문득 오늘은 유독 그의 말이 평소보다 길었다는 사실을 깨달았다.

그동안엔 포션 병을 던져준 뒤 치료하라는 말만 남기고 방치했으니 말이다.

'침입자 때문에 훈련을 중단한다는 말이야 그렇다 치고… 옷……?'

잠시 파울의 말에 대해 고민하던 벨라가 슬쩍 자신의 옷을 쳐다봤을 때, 벨라는 목까지 새빨개지고 말았다.

"으으… 이 아저씨가!"

도대체 언제였는지 알 수 없지만, 벨라의 상의가 반으로 쩍 쪼개져 있던 것이다.

조금 전까지는 싸움의 흥분감에 도취되어 모르고 있었지만, 채 알지도 못한 사이에 그녀의 가슴을 베고 간 무언가에 의해 옷뿐만 아니라 그녀의 배에서부터 가슴 정중앙이 길게 상처를 입은 상태였다. 이는 눈치채지 못한 게 이상할 정도로, 조금만 깊었다면 치명상에 이를 법한 위험한 상처였다.

'아마도 내가 방패를 멈춘 거리만큼 더 들어왔다면… 죽었겠지.'

딱 방패가 파울의 목젖과 떨어져 있던 거리. 그만큼만 그녀의 가슴을 벤 무언가가 더 들어왔다면 그녀는 파울이 자비를 베풀어 살려주기만을 기다려야 했을 것이다.

"음흉한 아저씨 같으니라고!"

봐준 것이 뻔한 파울이 남긴 상처를 보며 한참을 씩씩거리던 벨라는 이내 상의와 함께 잘려 나간 자신의 속옷을 보며 울상을 지었다.

"힝, 속옷은 못 받았는데…… 누구한테 얻어야 하지?"

훈련 교관부터 책임자까지 모두 남자인 관계로 차마 보급해 달라고 하지 못한 것을 새로 구해야 한다는 생각에 눈앞이 깜깜해지는 벨라였다.

그리고 같은 시각. 공터를 떠나 마을의 외곽 목책으로 향하는 파울은 목 언저리를 쓰다듬고 있었다.

쓰윽—

'재능이 있다고는 느꼈지만……'

설마 하니 방심하는 그 찰나에 그의 목숨을 노릴 수 있을 만큼 성장할 줄이야.

파울로서도 생각지 못한 일이었다. 특히 언제나 강적을 상대로 생존 경쟁을 벌이며 강해진, 다크 엘프로서의 자존심으로 똘똘 뭉쳐 있던 그였기에 벨라의 이런 급속한 성장은 충격적일 수밖에 없었다.

'겨우 동귀어진이 최선이었다.'

방금 전 벨라가 파울이 자신을 봐줬다고 생각하게 만든 가슴의 상처, 그것은 파울이 한순간 떠올린 최선의 수이자 동귀어진의 한 수였다. 물론 그 짧은 시간 그런 필사의 대처법을 생각해

낸 것만으로도 그가 대단한 전사라는 것은 분명했지만, 이 마계에서도 마족과 비견될 만큼 강한 다크 엘프의 전사장으로서 아무리 방심했다고 한들 중간계의 일개 엘프 전사를 상대로 목숨을 위협받았다는 것은 그리 쉽게 넘어갈 문제가 아니었다.

'특히나 그 방패……'

그간 오래도록 그의 공격을 견뎌내는 것을 보며 비범한 물건이라고 생각하긴 했지만, 오늘 그의 주먹에 실금이 가는 순간 느껴진 엄청난 존재감으로 미루어볼 때, 그 방패는 단순히 비범하다라고 표현할 수 있는 정도의 물건이 아니었다.

"후후… 정말 재밌군."

"예?"

마을에서 가장 무서운 전사장을 안내하며 바짝 긴장해 있던 다크 엘프 전사는 파울의 뜬금없는 혼잣말에 눈을 크게 떴다.

"아니다. 계속 안내해라."

"옛! 알겠습니다."

"그런데 어떤 종족이 침입한 거냐? 이 근방에 우리 영역을 몰라보고 들어올 만한 녀석들은 더 이상 없을 텐데."

마족과 마수족, 그리고 다크 엘프와 같은 마종족이 살아가는 이곳 마계의 남부는 강력한 힘을 가진 몇몇 종족의 영역을 중심으로 종족 간의 생활 구역이 나뉘어 있었다.

대표적으로 냉기와 바람, 그리고 대지의 속성을 가진 종족은 남부 중심에 위치한 펭귄 왕국의 얼음 대지를 기준으로 분포해 있다. 한편 마법, 마술의 힘을 지닌 종족은 남동부의 몽마족의 성채를 중심으로 집결해 있으며, 그 아래쪽으로는 다양한 미수족들이 살고 있다. 그리고 그보다도 아래쪽인 마계의 바다 근처에는 현재 미수족의 왕, 심해왕의 성채와 그에 복속된 수많은 미수족과 하위 마족들이 거처하고 있었다.

파울 본인이 속한 다크 엘프 마을은 남부에서도 동남부에 위치했는데, 타 종족을 극도로 배척하는 성향 탓에 반경 5킬로미터 이내에 그 어떤 종족도 존재하지 않았다.

다른 종족들은 자신들의 영역에 발을 들이는 즉시 칼부터 들이미는 다크 엘프족이 두려워서라도 절대로 그들의 영역에 침범하지 않았다.

이는 마계의 남부뿐만이 아니라 마계 전역에 유명한 이야기였다. 그러니 만일 그들의 영역에 침범한 무리가 있다면 이는 싸움을 걸러 왔다라고밖에는 설명할 길이 없었다.

들어온 종족이 어떤 종족이든간에 그 종족을 척살하러 나서는 것이야 당연한 것이지만, 그 어떤 종족이 겁도 없이 다크 엘프족의 영역에 발을 들인 것인지 파울은 의문이었던 것이다.

"그게… 인간입니다."

"…뭐?"

잠시 우물쭈물거리던 다크 엘프 전사의 대답에 파울은 저도 모르게 반문하고 말았다. 그로서는 도대체 이해할 수가 없는 대답이었기 때문이다.

"인간? 인간이 이곳에 왔다고? 무슨 일로? 아니… 혹시 용사 일행 같은 건가? 마계의 마왕을 물리치겠다는 멍청이들이라도 나타난 거야?"

"그건… 잘 모르겠지만 복장을 보면 정상은 아닌 것 같긴 합니다."

차마 그들이 단순한 멍청이가 아니라 미친놈들인 것 같다고는 설명할 수 없었기에 적당히 얼버무린 다크 엘프 전사였지만, 파울의 얼굴은 심각해졌다.

'벨라라는 엘프족 소녀도 그렇고… 마계에 무슨 일이 벌어지고 있는 거지?'

처음 벨라가 마을에 나타났을 때는 그저 우연이라고 생각했다. 마을의 촌장이 그녀의 출신 마을을 듣고는 그녀를 그에게 맡긴 탓이었다. 그로선 벨라의 마을에 대해서 아는 바가 없지만, 이 다크 엘프 마을에서 가장 많은 지식을 지닌 촌장이 그렇게 하기로 했으니 의심 없이 받아들인 것이다. 그러나 인간이 나타났다면 이야기가 다르다.

인간은 그 존재 자체로 혼돈인 존재, 일반적인 방법으로는 마계나 천계와 같이 기운이 극단적으로 치우친 곳에 들어올 수 없으며, 들어온다고 해도 살아 있을 수도 없다.

그렇기에 마계에 마왕을 치러 온다는 용사라는 이들이 특별한 것이고, 그만큼이나 강한 것이다. 즉, 용사 수준으로 강하지 않으면 이곳에서 살아남을 수 없다는 말이다.

'그런 강한 놈들이 난데없이 마계의 중심부도 아니고 남부 오지에 나타났다는 말인가.'

이곳을 자유롭게 활보한다는 것만으로도 그들의 강함은 증명된 거나 다름없었다. 그런 존재가 다크 엘프의 영역 내에서 돌아다닌다는 것은 마을을 수호할 의무를 가진 전사장으로서 절대로 용납할 수 없는 일이었다.

"빨리 가봐야겠군… 어서 안내하도록."

"예? 아, 예!"

다급한 표정으로 재촉하는 파울의 모습을 보면서 '그 미친놈들이라면 그렇게 신경 쓰실 필요 없습니다'라고는 차마 하지 못한 다크 엘프 전사는 속력을 올려 마을 외곽을 향해 달리기 시작했다.

정체불명의 멍청이들이 무릎 꿇고 앉아 있을 그곳으로 말이다.

Chapter 6

매직 스틱

"끄으응……."

지독한 두통, 얼굴에 닿는 푹신함.

가슴에 남은 얼얼함, 몸을 감싸는 포근함.

가슴을 조이는 싸늘함, 몸을 달아오르게 하는 뜨거운 열기.

몇 가지 상반된 감각 속에서, 나는 무거운 눈꺼풀을 들어올려 낯선 천장을 바라보았다.

'…로그아웃 당하지 않은 것을 보면 리버스 라이프의 사후 세계인가?'

죽은 횟수로만 따지자면 어지간한 고레벨 유저들보다 많이 죽어봤다고 자부할 수 있는 나였지만, 그것은 모두 1레벨 때의 일. 그때는 화끈한 고통이 느껴진다 싶으면 그저 나무로 된 천장을 보며 다시 벌떡 일어나면 되었으니, 실제로 죽음의 페널티를 겪어본 적은 없었다.

즉, 초보자 레벨을 벗어난 이후의 첫 죽음인 셈이다. 때문에 나로선 처음 겪어보는 죽음다운 죽음이 신기하기만 했다.

'접속 불가 페널티 시간 동안 캐릭터를 정비할 수 있는 사후 세계가 존재한다더니 정말이었네.'

분명 죽을 때는 내 피로 뜨겁게 적셔진 땅바닥에 머리를 대고 쓰러졌건만, 눈을 뜨니 온 몸이 거대한 마시멜로우에 둘러싸인 듯 포근하고 따뜻하기 짝이 없었다.

물컹물컹—

"흠, 좋은 촉감이야."

가상현실이기 때문일까? 나의 취향에 딱 맞는(?) 적당한 감도의 물컹함이 늘어져 있던 팔에 느껴지며 힘을 더해줬다.

물론······.

"아앙~ 일어나자마자······."

"대담하셔!"

···양옆에서 교태로운 음성이 들리기 전까지는 말이다.

털썩—

이 게임, 성인 서비스도 있던가?

너무 놀란 나머지 힘이 돌아오던 팔에 힘이 풀리며 겨우 일으킨 몸을 다시 눕힌 나는, 방금 내 눈으로 본 것을 믿을 수 없어 한참 동안 눈을 껌뻑이며 천장을 바라보았다. 이윽고 마음을 가라앉힌 다음, 다시 내 양팔에 매달려 있는 것들을 바라보았다.

"……."

잘못 본 게 아니네.

양팔에 매달린 반라의 여인네들의 모습에 다시 침대에 몸을 기대던 나는, 문득 머리에 느껴지는 감촉이 심상치 않아 목을 당겨 위를 쳐다봤다.

그리고.

'사후 세계 짱이잖아!'

이런 엄청난 서비스가 있었다니!

이 서비스가 아직까지 알려지지 않은 것은 아마 이 소문이 자칫 퍼져 나갈 경우, 심의위원회에 의해 사라질 것임을 직감한 남자 유저들이 단결된 마음으로 비밀을 지켜왔기 때문이리라!

나는 지금껏 다양한 죽음을 겪었을 남자 유저들을 애도함과 동시에 그들의 숭고한 사명감에 경의를 표하며, 양옆으로 팔을 뻗어 이 순간을 최대한 즐겼다.

그러자.

"자~알 논다."

흠칫!

양팔에 와닿는 부드러운 촉감에 감탄하는 것도 잠시, 어쩐지

익숙한 여자의 목소리에 몸을 뻣뻣하게 굳힌 나는 느릿하게 목
소리가 들려온 방향으로 고개를 돌렸다.

"…나여주?"

"그래, 나다."

사후 세계가 통합 서버였나? 개인별로 주어지는 거 아니었
어?

나는 사후 세계에 함께 있는 나여주의 존재에 문득 의문을 느
끼며, 동시에 나만큼이나 호화로운 대접을 받고 있는 나여주의
모습에 혀를 찼다.

"네가 할 말이냐?"

"뭐가."

사각사각—!

내 옆의 반라의 미녀들에 비견될 만큼 매끈한 얼굴과 매끈한
몸매를 지닌 미남들 사이에서 오연한 자세로 의자에 앉아 손톱
과 발톱을 손질받고 있는 나여주의 모습은 지극히 자연스러워
보였다.

"그나저나 이곳은 파티용 사후 세계인가 보네."

"…무슨 헛소리를 하는 거야."

내 말에 냉담한 반응을 보이는 나여주. 나는 그것도 모르냐는
의미의 콧방귀를 뀌며 사후 세계에 대해 설명해 줬다.

"리버스 라이프에서는 유저가 죽으면 페널티 시간 동안 캐릭

터를 정비하고 훈련할 수 있는 사후 세계를 제공한다고. 이곳에서 장비를 변경하고 부활하면 변경된 장비를 장착한 채로 부활하고, 스킬 연습을 하면 아주 낮은 확률이긴 하지만 죽는 순간의 깨달음이란 명목으로 가끔 스킬이 강화되기도 한단 말이지. 너는 아마도 첫 죽음이겠지? 평소엔 보디가드 아저씨들이 지켜 줬을 테니까. 그러니 뭐… 모를 수도 있겠지. 사실 나만 해도 사후 세계가 파티를 맺은 사람들끼리 같이 이용할 수 있다는건 처음 알았으니까."

"휴… 그딴 것쯤은 나도 알고 있어. 내 말은 왜 지금 상황에서 그런 헛소리를 하냐는 거야."

"응? 그야 당연히 지금 우리는 죽어서……."

벌떡!

한심하다는 듯 한숨까지 내쉬며 말하는 나여주의 말에 기분이 상한 내가 몸을 벌떡 일으켰을 때, 나는 문득 사타구니 부근에서 느껴지는 뜨거운 시선에 고개를 돌려 그곳을 봤다.

"어머? 조금 더 누워 계셔도 되는데."

"……."

어디서 봤던 것일까.

동영상일까, 사진일까. 내 방에서였을까, 회사 사무실 컴퓨터에서였을까. 어쩐지 익숙하게만 느껴지는 반라의 미녀가 내 다리 사이에서 빙긋 웃어 보이는 모습이 눈에 들어왔다. 뇌를 풀

가동시켜 이 여자에 대한 정보를 뒤적이고 있을 때, 내 오른편에 있던 미녀가 다리 사이의 미녀를 보며 토라진 듯 말했다.

"아앗! 여왕님, 또! 지금은 저희 차례란 말이에요!"

"맞아, 맞아! 여왕님은 다른 남자도 많으시면서!"

"어머, 얘들은? 그건 장난감들이고, 이분은 우리 귀한 손님이시잖니. 그러니 내가 대접하는 게 맞지."

대접해? 뭘?

내 머리 위로 많은 물음표가 떠오르는 순간, 이 모든 것을 한심하다는 듯 쳐다보던 나여주가 경멸의 눈빛을 보내며 말했다.

"인사해, 서큐버스 퀸이야."

"…어?"

그 말의 의미를 이해하지 못한 내가 고개를 갸웃거리자, 여전히 내 다리 사이에 있던 서큐버스 퀸이 포복 자세로 나에게 다가오며 자기소개를 했다.

"안녕하세요? 이 성의 주인, 서큐버스 퀸이에요."

그렇게 말하며 방글방글 웃는 서큐버스 퀸은, 이 기묘한 분위기에도 아랑곳 않고 점차 내게 다가오고 있었다. 나는 본능적으로 몸을 뒤로 뺐다.

꿈틀꿈틀.

주춤주춤.

미녀가 다가서고, 남자가 물러서는 기묘한 대치 상황.

이런 상황을 종결시킨 것은 싸늘한 나여주의 외침이었다.

"그만!"

멈칫!

약속이라도 한 듯, 자리에 멈춰 선 서큐버스 퀸과 내가 나여주를 돌아보자, 그녀는 여전히 인큐버스들의 시중을 받는 자세에서 오연한 눈길로 우릴 쳐다보며 말했다.

"우리는 이만 할 이야기가 있으니 나가줬으면 좋겠는데?"

"…흐응."

차갑게, 그리고 오만한 시선으로 말하는 나여주의 모습에 기묘한 표정을 지은 서큐버스 퀸은 이내, 침대를 장식한 레이스 커튼을 쭉 뜯어 마치 드레스처럼 몸에 휘둘러 감더니 꾸벅, 나여주를 향해 고개를 숙이곤 몸을 돌려 나갔다.

"가는 길에 저 바보 주변에 있는 애들도 데리고 가줬으면 좋겠어."

"후후… 분부대로 하죠."

어쩐지 나를 대할 때와는 달리 사무적인 어투로 나여주에게 대꾸하는 서큐버스 퀸의 모습에 살짝 오한을 느낀 나였지만, 이내 나여주가 말한 바보의 정체를 확인한 순간 넋을 잃고 말았다.

"…엠페러?"

"…토끼가 됐다!"

쨔—안!

"까아악! 귀여워!"

"대단해요오!"

왜 여태 저쪽의 소란을 눈치채지 못했을까 싶을 정도로 시끌벅적한 방의 한 켠.

머리에는 새카만 원통형 모자를, 목에는 빨간 나비 넥타이를 매고 자그마한 토끼 한 마리를 예의 그 마술 봉으로 콕콕 찌르고 있는 엠페러가 있었다.

"자, 이번에는 이 토끼를 모자에 넣고······!"

"넣고!"

"모자를 흔들면······!"

"흔들면!"

엠페러의 말미를 따라하는 열댓 명의 서큐버스 무리는 흥미진진한 눈으로 엠페러의 손에 들린 모자와 마술 봉을 쳐다보고 있었고, 이내 그들의 기대감에 가득 찬 시선을 잠시 즐기던 엠페러가 마술 주문을 외쳤다.

"루루팡! 루루피! 루루~ 얍!"

퍼—엉!

파다다다닥!

"까아악! 비둘기야!"

"멋져!"

"아앙, 나 눈 감았어!"

토끼가 들어간 마술 모자에서 쏟아져 나오는 알록달록 풍선들과 힘껏 홰를 치며 날아오르는 두 마리의 비둘기들. 그리고 그 모습에 환호를 지르는 서큐버스들을 보며 흐뭇한 미소를 지은 엠페러가 마치 어딘가의 턱시도 입은 왕자님마냥 양손을 가슴과 등허리에 얹고 짧은 다리를 꼬아 서며 꾸벅, 관객들에게 인사를 했다.

"꺄아아아!"

그 모습에 환호하는 목소리가 높아진 것은 당연지사, 그와 동시에 엠페러를 위해 마련된 작은 단상 위에서는 소리 지르는 것에 만족하지 못한 서큐버스들이 우르르 몰려가 엠페러를 마구 쓰다듬기 시작했다.

"대단해! 대단해!"

"잘했어요!"

"꺄악, 머리 작은 것 좀 봐!"

중간계에 있을 때도 엠페러가 지나가는 길에서는 늘상 볼 수 있는 모습이긴 했지만, 반라의 미녀 무리에게 관심을 받는 것은 처음인 탓인지 반짝이는 눈망울의 엠페러는 부끄러운 듯 몸을 꼬았다.

이런 엠페러의 순진한 모습에 서큐버스들은 또 한바탕 꺄르르 웃음을 터뜨렸고, 그 난장판을 보고 있던 내가 엠페러를 불렸다.

"엠페러!"

"으응? 일어났구나, 주인!"

내 목소리가 반갑다는 듯 목을 쭉 빼며 마주 인사하지만, 엠페러는 미녀들 사이에서 나가기는 싫다는 듯 자리에서 옴짝달싹하지 않았다.

그때, 이 모습을 지켜보던 서큐버스 퀸이 말했다.

"애기들! 그만 놀고 가야지. 하실 말씀이 있다셔."

"아앙! 조금만 더요!"

"나는 온 지 얼마 안 됐는데!"

서큐버스 퀸의 부름에 칭얼거리며 앙탈을 부리는 서큐버스들이었지만, 나여주의 무서운 시선이 한차례 그들을 훑고 지나가자 다들 말없이 자리에서 일어났다.

우르르르르.

"그럼 저희는 이만… 즐거운 시간 되세요."

수십 명에 이르던 몽마족들과 서큐버스 퀸이 방안을 빠져나가자, 휑하게 변한 방의 전경에 입맛을 다시던 나와 엠페러는 문득 마주친 나여주의 시선에 찔끔하며 그녀의 앞으로 모였다.

"그래서… 이게 어떻게 된 일이야?"

"퀘스트 진행 상황 확인해 봐."

"퀘스트 진행 상황?"

난데없는 말이었지만, 나는 순순히 나여주의 말을 따라 퀘스트 창을 불러왔다. 그리고 이내 내용이 업데이트되었음을 알리는 그 내용에 눈을 휘둥그레 떴다.

"이… 이건?"

"그래, 완료됐어."

그렇게 말하며 어느새 그녀 옆에 자리잡은 엠페러의 머리를 쓱쓱 문지르는 나여주였다.

"다 펭돌이 덕분이지."

"누가 펭돌이냐! 내 이름은 엠페러다!"

여전히 나여주에게만큼은 펭돌이로 통하는 엠페러가 자신의 이름이 잘못 불린 것에 대해 항의했지만, 이를 깔끔하게 무시한 나여주는 여전히 엠페러를 쓱쓱 문지르며 말했다.

"펭돌이가 꽤 재밌는 물건을 가지고 있더라고."

"펭돌… 아니, 엠페러가?"

순간 펭돌이라고 부를 뻔한 나를 향해 엠페러가 싸늘한 눈초리를 보냈지만, 곧장 이어진 나와 나여주의 번뜩이는 시선에 엠페러는 불안한 눈으로 떼굴떼굴 눈알을 굴리며 마술 봉을 꼭 품에 끌어안았다.

"펭돌아, 그거 줘봐."

"펭… 아니, 엠페러. 잠깐만 구경하자. 금방 돌려줄게."

"그… 이, 이건 내 건데……."

불안에 떠는 엠페러의 모습은 지극히 애처로워 보였지만, 이미 눈이 돌아간 우리에겐 엠페러의 마술 봉밖엔 보이지 않았다.

자신의 마술 봉을 바라보는 두 인간의 눈이 제정상이 아님을 알아차린 것일까. 결국 엠페러는 떨리는 손을 내밀어 우리에게 마술 봉을 건넸다.

"꼭… 꼭 돌려주는 거다, 주인? 망가뜨리면 안 된다."

"그래, 알았어. 돌려줄게."

건성건성 대답하는 나였지만, 사실 별로 갖고 싶은 마음도 없었다.

우리의 위기 상황을 타개할 특별한 물건이라고는 하나 외견상으로는 평범한 마술 도구에 지나지 않았고, 설령 무언가 특별한 능력이 있다고 해도 내가 직접 마술 봉을 휘두르느니 마술 봉을 쥔 엠페러를 휘두르는 게 나에겐 편하기 때문이다.

"흐음… 외견상으론 아무런 차이를 모르겠는데."

여태껏 봐온 대로 마술 봉은 평범한 마술 도구에 지나지 않았고, 처음 샀을 때와 다른 점도 보이지 않았다.

조금 차이가 느껴진다면 마술 봉의 밑단에 적힌 원래 주인의 이름, 잭 오칼롯이라는 글자가 윤기가 난다는 정도?

결국 외견상의 차이를 찾지 못한 내가 유저의 특권을 발휘했다.

"정보!"

순간 내 눈 앞으로 무언가 빼곡히 적힌 아이템 정보 창이 떠올랐고, 이를 보는 내 입을 자연스레 벌어지게 했다.

"…이게 뭐야?"

"왜? 뭔데? 나도나도!"

차분히 순서를 기다리며 내가 마술 봉을 살피는 것을 보고 있던 나여주는 내 반응에 더 이상 기다릴 수 없다는 듯 손을 뻗어 내가 보고 있는 정보 창을 공유받았다.

〔마왕 '잭 오칼롯'의 마술 지팡이

내구도 436500/600000

공격력 : 1500

착용 제한 : 전 주인 사망 시 다음 습득자에게 인계

추가 옵션 : 지능 +700 / 지혜 +400 / 마법력 강화 +80% / 충돌로 파괴되지 않음 / 다양한 마술 탑재(세트 착용 시 효과 증가) / 분실 시 자동 회수 / 공격 시 낮은 확률로 헬 파이어 발동(마기 충전 시) / 4시간에 한 번 프로텍트 실드 사용 가능(마기 충전 시) / 마기 자동 충전 / 마기 회복력 증가

마기 충전률 : 97%

설명 : 마계의 마왕 잭 오칼롯이 유희 삼아 중간계로 가지고 갔던 마술 도구 세트 중 하나. 그가 납치해 온 인간 마술사의 모든 마술 지식이 담겨 있으며 아다만티움 재질로 제작되어 굉장한 강도를 지니고 있다. 자신의 물건을 아끼던 잭 오칼롯의 편집증적 성격 때문에 각종 마법이 부여되어 있으므로 사용에 주의가 필요하다.]

도저히 마술 도구라고 하기엔 너무도 어마어마한 옵션이 붙어 있는 물건이었다. 그야말로 마왕이 쓰던 물건 그 자체라고나 할까?

"이거… 너무 사기 아니야?"

그간 일행에 마법사가 없던 관계로 마법사용 장비에 대해서는 아는 바가 적었지만, 나여주가 합류한 뒤로 마법사에 대해 어느 정도 지식이 쌓인 나였기에 저기에 붙어 있는 옵션이 얼마나 사기적인지 알 수 있었다.

'지능 700과 지혜 400을 올려준다라……'

장비의 성능과 그에 따른 가치에 대해서는 여전히 잘 알지 못했지만, 나여주와 함께하는 동안 그녀가 자랑하는 물건들을 보면서 대략적이나마 가늠은 할 수 있게 되었다. 덕분에 내가 가지고 있는 지하악왕의 가죽이나 악어가죽 워커, 금빛 엄니가 얼마나 좋은 아이템인지도 알 수 있었다.

하지만 그런 사기 아이템들 가운데서도 단언컨대 저렇게 무식한 옵션을 지닌 아이템은 하나도 없었다.

그나마 지하악왕의 가죽이 독 저항력 800을 가진다지만, 독 저항력을 지니는 것과 마법사의 공격력과 공격 속도, 횟수를 결정하는 지능과 지혜가 수백 단위로 오르는 것에는 엄연한 차이가 있었다.

게다가 마법력 강화 80%라니!

공격 마법이든, 방어 마법이든, 보조 마법이든, 마법의 종류에 관계없이 마법의 위력과 효율을 증가시켜 주는 이 사기 스탯은 나여주의 설명에 따르면 유니크급 이상의 특별한 아이템들에게만 붙으며 모든 마법사들이 올리고 싶어 안달하는 스탯이라고 했다.

온몸을 돈으로 바른 나여주조차 장비를 전부 갖춰 입어도 20% 남짓 오를 뿐이라는 마법력 스탯이 저 지팡이 하나에 80%가 오르는 것이니, 가히 가치를 환산할 수 없을 정도의 사기성 짙은 물건이라고 할 수 있었다.

이러한 옵션을 확인한 나여주가 말했다.

"이거 나한테 팔아."

"얼마?"

"주인!"

내 직업 분류가 정확히 어디에 속하는지는 알 수 없지만 마법

사는 아닌 게 확실했기에, 나는 나여주의 말에 곧장 흥정을 시
도했다. 그리고 이내 엠페러의 성난 외침에 입맛을 다실 수밖에
없었다.

"쩝, 안 되겠다."

"그러지 말고 팔아. 잘 쳐줄게."

"안 돼, 엠페러 거니까. 게다가 양도하려면 현 소유자가 죽어
야만 하기도 하고……."

쓰윽─

움찔!

소유자가 죽어야만 주인이 바뀐다는 말에 눈을 빛낸 나여주
였지만, 몸을 움찔 떠는 엠페러와 눈이 마주치자, 차마 그럴 자
신은 없는 듯 고개를 절레절레 흔들었다.

"휴우… 어쩌다가 저런 물건이 펭돌이한테 간 거야."

"그러게나 말이다."

이걸 처음 팔았던 잡화상점의 주인이 이 물건의 특별함을 알
았다면 과연 팔려고 했을지 의문이기도 했다.

"그런데… 이거 왜 이렇게 된 거지?"

"뭐가?"

"처음에는 안 그랬거든."

사실 이 마술 지팡이의 옵션을 확인한 것은 이번이 처음이 아
니었다. 맨 처음 이 아이템의 옵션을 확인한 곳은 바로 케이안

의 잡화상점, 그곳에서였다.

'그땐 엠페러에게 수상쩍은 물건을 사주기 싫어서 확인한 거긴 하지만……'

엠페러를 걱정하는 마음 반, 사기당해서 바가지를 쓰는 것은 아닐까 하는 의심 반의 기분으로 확인한 마술 지팡이의 옵션은 '마술사 잭 오칼롯이 사용하던 마술 도구' 라는 간단명료한 설명밖에는 없었다.

그에 반해 지금은 한눈에 담기도 힘든 설명으로 눈앞이 가득했으니…….

"…마기가 문제인가?"

"응? 마기?"

뜬금없는 혼잣말에 고개를 갸웃거린 나여주였지만, 나는 그보다 다른 아이템에는 없는 이 마술 지팡이만의 추가 옵션 한 줄에 더 집중했다.

마기 충전률.

아마도 이 마술 지팡이의 옵션을 발동하기 위해서는 마기가 필요한 모양이었다. 지팡이에 부여된 마법 옵션들은 모두 일정 마기를 소모한다고 표기되어 있는 것을 보건대, 아마도 마계에 들어서며 급속도로 충전된 마기가 이 물건의 원래 옵션을 깨운 듯싶었다.

'그동안 엠페러가 마술을 제대로 하지 못하던 이유도 알 만

하군.'

어차피 정식으로 마술을 배워본 적도 없는 엠페러였다. 그런 엠페러가 실패하기는 해도 가끔 마술에 성공하는 게 의아했는데, 아마 그 역시 미량 충전된 마기가 가끔 가다 옵션을 발휘해 마법을 실행한 게 아닌가 싶다.

'실제로 조금 전 무대에서는 마술에 실패하지 않았으니까 말이지.'

서큐버스들을 상대로 선보인 무대에서 완벽한 마술을 펼친 것을 보면 확실히 마기의 영향이 틀림없으리라.

나는 손에 들린 마술 지팡이를 엠페러에게 돌려주었다.

"그래서… 이게 어떻게 된 일인데?"

그러고는 다시 손에 들린 마술 지팡이에 환히 웃는 엠페러를 향해 물었다.

확실히 저 마술 지팡이가 대단한 옵션과 유구한 사연을 지닌 물건임은 알겠지만, 그것만으로 이 상황을 설명하기엔 부족한 것이 많았기 때문이다.

"별거 아니었다, 주인! 주인이 쓰러지고 나서 나라도 살아야 겠다는 생각에 무기로 지팡이를 들었는데… 갑자기 무릎을 꿇었다, 주인!"

"……."

엠페러에게 물은 게 실수였을까, 역시 들으나마나 별반 의미없는 설명이었다.

이때, 이런 허술한 설명에 나여주가 설명을 덧붙였다.

"정확히는 전대 마왕의 신물이자 한때 몽마족과 다양한 마수족을 지휘하던 물건을 보고 절대복종하게 된 것이지."

"몽마족과 마수족을 지휘하던 물건이라고?"

"그래… 이것도 꽤 웃긴 얘기긴 한데……."

그렇게 말하며 아마도 이곳에서 받은 것이라 생각되는 '마왕 잭 오칼롯 일대기'라는 책을 펴 든 나여주가 책 속의 한 구절을 읽어나갔다.

"…잭 오칼롯은 마술에 미친 마왕이었다. 그는 우연히 마계로 떨어진 인간 마술사에게 목숨을 담보로 마술에 대한 지식을 빼앗았고, 이를 마법으로 수식화하여 직접 제작한 마술 지팡이에 담았다. 참고로 이를 두고 그럴 거면 왜 마술을 배웠느냐는 충언을 했던 최상급 마족은 그 자리에서 재가 되어 마왕성 밖으로 쓸려 나갔다고 한다. 이후 잭 오칼롯은 마계 곳곳을 돌아다니며 자신의 마술을 선보이기 시작했고, 각지의 귀족급 마족들의 집에 쳐들어가 마술을 선보이고 그 대가로 귀중품을 강탈하는 식으로 욕심을 채우곤 했다. 하나 이런 귀족 마족들과는 차원이 다른 피해를 입은 이들이 있었으니, 바로 마계 남부에 터를 잡은 몽마족과 다양한 마수족들이었다. 마술에는 미녀와 다양한 동물이 필요하다는 지론을 가진 잭 오칼롯은 마계에서도 미모가 빼어난 것으로 유명한 몽마족을 몽땅 끌고 다니며 마술 쇼를 했다. 또한 지나가다 마주치는 마수족은 어떻게든 마술의 도구로 삼고자 싹 납치했다. 이 과정에서 몽마족은 그 세력이 삼분지 일로 약화되었고, 마수족들이 모두 마계의 오지로 숨어들며 잭 오칼롯의 통치 기간 동안 마계에서 몽마족과 마수족들을 보기 힘들 지경이 되었다. 결국 말년에 이르러 중간계에서 마술만으로 성공해 보이겠다는 포부를 안고 힘을 모두 봉인한 채 중간계로 나선 잭 오칼롯은 백 년 후 가지고 있던 마술 도구를 몽땅 팔아먹고 알거지꼴이 되어 마계로 돌아왔다가 새로 취임한 마왕에게 처참한 죽음을 당했다. 하지만 그 이후로도 간간이 잭 오칼롯의 흔적들이 마계에 나타나며 몽마족과 마수족들을 놀라게 했고, 지금까지도 그들은 잭 오칼롯의 물건에 광적인 집착과 복종의 모습을 보인다고 한다."

꽤나 긴 내용이었건만 거침없이 내용을 읽어 내려간 나여주는 나에게 이제 이해가 됐냐는 듯 치켜뜬 눈으로 눈짓을 했고, 나는 조용히 고개를 끄덕이며 대답했다.

"요는… 그 잭 오칼롯이라는 마왕이 전대에 남긴 트라우마 때문에 몽마족이 저 마술 지팡이의 주인한테 복종한다는 거잖아?"

"뭐, 요약하면 그렇지."

장황한 이야기가 단 한 줄로 요약되는 기적이 있었지만 담담히 고개를 끄덕인 나여주였다.

"그래도 그렇지… 우리가 잡아 죽인 몽마족이 1300마리가 넘는데 용케 막대기 하나에 고개를 숙이네."

"그만큼 크나큰 트라우마였다는 거겠지."

"……."

잠시 잭 오칼롯에게 희생된 불쌍한 몽마족들에게 속으로 묵념을 한 나는 안도의 한숨을 쉬었다.

"휴, 뭐 덕분에 클리어 조건 하나는 손쉽게 해결됐네."

원래도 거의 해결해 가던 참이긴 했지만 아무래도 시간이 단축된 만큼 나로선 나쁠 게 없었다. 게다가 마지막엔 우리로선 상대할 수 없는 서큐버스 퀸이 직접 나서기까지 했으니, 만일 정상적인 방법으로 퀘스트를 진행하고자 했다면 몇 날 며칠이 더 걸렸을지 모를 일이었다.

하지만 우리에게 남은 퀘스트는 그것만이 아니었다.

〔심해왕 처치 (0/1)〕

"……."

이것만 보면 한숨이 나오는구만.

우리에게 있어 강력한 상대인 몽마족을 약 1300마리 넘게 잡는 과정에서 나와 나여주는 상당히 강해진 상태였다.

하지만 그런 강함도 몽마족의 수장인 서큐버스 퀸에겐 전혀 통하지 않았다. 나 같은 경우엔 능력을 선보이기도 전에 실패할 것임을 직감하고 도망갈 생각부터 했으니까.

만일 엠페러가 때마침 마술 지팡이를 꺼내는 행운이 없었다면, 나와 나여주는 진짜로 사이좋게 사후 세계를 거닐고 있을지도 모를 일이었다.

"심해왕이라……."

"응? 뭐야, 그걸 걱정하느라 그런 표정이었던 거야?"

앞으로의 험난한 여정에 대한 고민으로 인상을 찌푸리던 나에게 태평하게 말을 건 것은 당연히도 나여주였다.

내 중얼거림에서 '심해왕'이란 단어를 포착한 나여주는 마치 그게 무슨 대수냐는 듯 나에게 되물어 왔다. 나로선 오히려 그 태평한 태도를 이해할 수가 없었다.

"걱정하는 게 당연하잖아……. 자그마치 심해왕이라고. 펭귄 왕에게 들은 설명으로는 마계 남부의 지배자라잖아. 우리가 처참하게 밀린 서큐버스 퀸 보다도 상위에 있는 괴물이라고."

"흥, 그래봐야 생선이지."

"맞다! 나랑 주인이 살만 발라내면 훌륭한 회가 될 거다!"

넌 무슨 말을 그렇게 잔인하게 하니…….

아무리 적이라지만 심해왕을 회를 떠 먹을 생각을 하는 엠페러를 뒤로한 채, 나는 심해왕의 소환에 휘말려 죽을 뻔한 주제에 뻔뻔하게도 심해왕을 생선 취급하고 있는 나여주에게 해법을 물었다.

"여유로운 걸 보니 뭔가 방법이 있나 보지?"

"당연하지!"

"호오~"

너무나 당당하게 말하는 그녀로부터 근거를 알 수 없는 자신감을 느낀 내가 흥미로운 시선을 보내자 그녀가 나에게 물었다.

"심해왕은… 말 그대로 왕이지?"

"음? 보스를 말하는 거라면… 당연히 그렇겠지."

"그럼 보스의 공략법은 뭐야?"

"보스의 공략? 그야 보스마다 뭔가 약점이나 패턴에……."

보스를 잡는 정석에 대해 설명하던 나는 내 눈앞에서 좌우로 까딱거리는 나여주의 검지손가락을 마주하고 말을 멈췄다.

"쯧쯧, 그런 방법보다 더 기초적인 걸 묻는 거야. 보통 보스는 여럿이서 잡는 거잖아? 다른 말로 하면 다구리."

"뭐… 그렇지."

명망 있는 가문의 아가씨치고는 단어 선택이 조금 거슬리긴 하지만, 딱히 틀린 말은 아니었다.

어느 게임이고간에 보스에 도전하는 가장 기본적인 형태는 몽땅 몰려가 싸우는 다구리니까 말이다.

그 과정에서 동료의 희생을 통해 패턴을 파악하고, 약점을 찾아내어 종래에 가서는 공략법을 찾아내 보스를 처치하는 것이 기본이다.

하나 만일 나여주가 나에게 하고 싶은 말이 다구리를 통해 심해왕을 잡자는 것이라면 큰 어폐가 있었다.

"다구리가 정석이 아니라는 말은 하지 않겠지만⋯ 너 알고 있는 거야? 우리 셋뿐이야."

만약 지금쯤 집에 돌아갔을 펭귄 왕국의 백성들과 함께 벨라를 찾는다 할지라도 우리는 NPC 둘을 포함한 4인 파티인 것이다. 공격대도 아닌 일개 소규모 파티 하나가 다구리 전법을 쓰기엔 심해왕은 그리 만만한 상대가 아니다.

"쯧쯧! 바보야, 우리가 왜 셋이야?"

"⋯⋯?"

다시 한 번 검지를 까딱거리며 한차례 나를 나무란 나여주는 보란 듯이 엠페러의 손에서 마술 지팡이를 빼앗아 들며 말했다.

씨익―

"우리에겐 이게 있잖아."

"⋯설마."

"그래, 바로 그거야."

흔히 설마가 사람을 잡는다고들 하지만 오늘의 경우는 조금 달랐다.

나를 향해 말없이 고개를 끄덕이는 나여주. 그 행동의 결과

오늘의 설마는 몽마족과 마수족들을 잡게 되었다.

　마계 남부 전역에 포고령이 내려졌다.
　발신인은 남부에서도 남동부에 위치한 몽마족의 왕 서큐버스 퀸과 중앙에 위치한 펭귄 왕.
　두 세력 모두 종족의 왕이 있었으며 과거 엄청난 세력을 구가하던 강자들이었으나, 지금에 와서는 다른 세력들에 비해 그 힘이 상대적으로 미약한 것으로 평가받는 곳들이었다.
　그렇기에 그 둘의 직인이 찍힌 포고령은 거대 세력, 강자들의 콧방귀에 쉽사리 날아가 버렸지만, 이내 그 말미에 적힌 이 포고령의 진정한 주인의 이름이 널리 퍼지며 수많은 마수족들이 포고령의 내용에 따라 마계의 최남단을 향하기 시작했다.
　바로 심해왕의 거점이 있는 마계의 바다를 향해서⋯⋯.

　"크으윽, 가야만 해!"
　"그 몸으로 어딜 가겠다는 거야! 그냥 우리나 따라와!"
　"중간계로 나가고 싶던 거 아니었어?"
　"그치만⋯ 이 이름은⋯⋯!"
　마계 남부 지역의 이름 모를 야산, 라이칸슬로프족의 해방 임무를 맡고 라이칸슬로프 족 꼬마 아이를 호위하며 가던 바이저스 길드는 마계의 광풍에 휘말려 산 위까지 올라온 종이 한 장을 발견한 꼬마에 의해 가던 길을 멈출 수밖에 없었다.

"이건… 갈 수밖에 없어요!"

"대체 그게 뭔데그래?"

얼마 전까지만 해도 목숨이 경각에 달해 그들에게 애원하던 라이칸슬로프 족의 꼬마는 바람에 휘말려 온 종이 한 장을 보자 곧장 분위기가 돌변하더니, 이내 오던 길을 되돌아가자고 떼를 쓰기 시작한 것이다.

"말도 안 되는 소리하지 마! 네 동족들을 다 죽일 셈이야? 앞으로 조금만 더 가면 마을이라고 네가 말하지 않았나? 최소한 열 명 이상은 함께 탈출해야 종족을 존속할 수 있잖아? 너무 늦으면 데리고 갈 동족이 없을지도 모른다고."

그것은 바이저스 길드가 받은 라이칸슬로프 해방 퀘스트의 내용이었다.

이 퀘스트의 성공 조건은 최소 열 명의 라이칸슬로프를 중간계로 데리고 가는 것. 하지만 꼬마의 말대로라면 라이칸슬로프 족의 마을은 바로 얼마 전 바이저스 길드와 전투를 벌인 그림자 식육 족이라는 유사인종 몬스터들의 습격을 받은 상태였다.

고작 몇 명에 불과한 그들과의 싸움에서 큰 피해를 입은 바이저스 길드로서는 그런 녀석들의 습격을 받은 라이칸슬로프 마을이 아직 남아 있는지도 불안할 뿐 아니라 그곳에서 녀석들의 습격을 받지 않을까 걱정되던 참이었다.

그런데 이렇게 한시가 바쁜 이때, 이제 와서 마을과는 정반대 방향으로 되돌아가자니? 이 퀘스트를 위해 길드원 몇몇의 목숨이 희생된 만큼 바이저스 길드로선 물러설 수 없었다.

"그렇지만……."

하지만 라이칸슬로프 족의 꼬마도 도저히 물러설 수가 없는 이유가 있었다.

우연히 주워든 포고령의 상단, 서큐버스 퀸과 펭귄 왕의 인증을 받은 공식 문서라는 흔적이 있었고, 그 말미에는 삐뚤빼뚤하지만 마계에 살아가는 이들이라면 모두가 알아볼 수 있는 한 이름이 적혀 있었다.

이를 못 봤다면 모르되, 본 이상 아이에게 선택지는 없었다.

그때, 우물쭈물하는 아이를 보던 백광의 전사가 비아냥거렸다.

"흥, 어차피 저기 가 봐야 마을이 없으니까 이제 와서 도망칠 생각하는 건 아니야?"

"제논! 무슨 말을 그렇게 하나?"

백광의 전사 제논의 비아냥을 들은 백염의 마도사가 그에게 호통을 쳤지만, 제논은 오히려 보란듯이 콧방귀를 뀌며 말할 뿐이었다.

"흥, 들었잖아. 그런 괴물 녀석들이 마을로 몰려들었다고. 리버스 라이프에서도 탑 클래스인 우리가 길드 단위 전력을 끌고 왔는데도 고작 다섯 마리에 길드원 일곱이 죽었어. 그런데 저런 약해빠진 꼬마의 마을이 남아 있을 것 같아?"

"제논!"

백광의 전사 제논이 저렇게 삐뚤어진 것은 첫 날의 싸움 직후였다.

그날 열 마리의 그림자 식육 족에 일곱의 길드원이 죽고, 다섯의 길드원이 중상을 입기까지 했다. 처음 본 몬스터에 방심한 탓이라고 해도 처참한 피해 상황. 길드원들을 끔찍이 아끼는 제논으로서는 아무리 보상이 막대한 퀘스트라고 한들 길드원들을 희생해 가며 가는 이 길이 마음에 들지 않았다.

"마을은… 마을은 아직 괜찮아요."

"그래, 걱정 마라. 나도 괜찮을 거라고 생각한다."

침울한 표정으로 땅을 내려다보고 있는 라이칸슬로프 꼬마를 달래는 백염의 마도사의 목소리에는 자못 따뜻함이 묻어 있었지만, 그의 두 눈은 냉정하게 빛났다.

'그래, 분명 마을에는 열 마리 이상의 라이칸슬로프가 남아 있을 터. 만일 열 마리 이하로 남았다면 퀘스트 실패 조건에 부합되어 자동으로 퀘스트가 사라졌을 거야. 그러니 분명 이 지역에 열 마리 이상이 남아 있는 것은 틀림없어.'

하지만 그것은 어디까지나 시스템상의 이야기일 뿐, 살아 있는 라이칸슬로프가 열 마리라고 해도 그들이 사경을 헤매고 있을지도 모를 일이고, 어쩌면 식육 족의 창고에서 고기가 될 준비를 하고 있을지도 모른다.

그런 만큼 그들에겐 빨리 라이칸슬로프 족의 마을을 찾아갈 의무가 있었다.

하지만 동시에 식육 족의 눈에 띄지 않아야만 했기에, 바이저스 길드와 수인족 꼬마는 최대한 식육족의 영역을 피해 돌아가는 길을 선택해야만 했다. 때문에 본래 꼬마가 왔던 길을 쭉 따라가면 반나절이면 도착할 곳을 열흘이 넘도록 크게 돌아가는 대장정을 벌이는 중이었다.

"아뇨… 단순히 희망 같은 게 아니에요. 그곳은 저희 라이칸슬로프 족의 최후 거점… 만일 그곳을 습격받는다면 남부에 흩어진 모든 라이칸슬로프가 집결하도록 약속되어 있어요. 그러니 마을에는 분명 동족들이 있을 거예요."

"그건… 처음 듣는 말이구나."

섭섭하다는 투로 말한 백염의 마도사였지만, 꼬마의 말을 들은 그의 눈은 오히려 기쁘게 타오르고 있었다.

다 죽어가는 라이칸슬로프들을 구해서 탈출하는 데 얼마나 많은 힘과 시간이 걸릴지 몰라 걱정했는데, 이제 보니 마을을 거점 삼아 남부 전역의 라이칸슬로프가 모이기로 했다고 하니 퀘스트 성공 확률이 대폭 상승한 것이다.

"하지만 이 포고문 대로라면……."

"그래, 그 종이가 뭔데그러느냐?"

라이칸슬로프 아이가 워낙 조심스레 읽는 탓에 차마 보여달라고 하지 못하던 백염의 마도사였지만, 결국 궁금증을 참지 못한 그가 물었다. 그러자 아이는 조심스레 포고문을 펼쳐 보이며 대답했다.

"포고문……. 남부 전역의 모든 마수족을 모으는 포고문이에요."

"남부 전역의?"

끄덕.

무겁게 고개를 끄덕이는 아이의 모습에서 거짓이 아님을 확인한 백염의 마도사가 곰곰이 생각에 잠겼다.

특정 종족을 지목하거나 한 것도 아니고 그저 마수족 전부를 모으는 포고문이라니… 마계 중심부에 있다는 마왕이 나선 게 아니라면 마수족들이 응할 이유도 없을 테고, 혹여 불이익이 있다고 하더라도 이 라이칸슬로프 족처럼 당장 목숨이 경각에 달한 종족이라면 참여하지 않더라도 불이익을 받기 전에 멸종하거나 마계를 떠날 터였다.

"나는… 이해가 안 가는구나."

"인간은 이해할 수 없는 저희 마수족의 사정이니까요."

"흐음……."

문득 목숨이 위험한 상황에서도 반드시 참여해야만 하는 이유가 무엇일까 고민하던 백염의 마도사는 조금 전 아이가 했던 말에서 떠올린 것이 있었다.

"그러고보니… 남부 전역의 모든 마수족이라고 했던가?"

"네."

"그건… 혹시 네 동족들에게도 모두 해당하는 거니?"

"아마도… 이 포고문을 봤다면 저뿐 아니라 모두 이곳으로 갔을 거예요. 뭐… 몇몇은 그래도 마을 수비를 위해 남아 있을지 모르지만……."

조금은 자신 없는 어투로 말하는 꼬마였지만 백염의 마도사는 이미 계산을 끝낸 상태였다.

"그래, 그럼 그 포고령이 가리키는 곳으로 가자."

"예?"

"이봐! 무슨 생각이야!"

바이저스 길드에서 꼬장하기로는 제일가는 백염의 마도사가 의외로 가장 먼저 고개를 끄덕이자, 이를 지켜보던 라이칸슬로프 꼬마는 물론 바이저스 길드원 모두가 눈을 크게 떴다.

그리고 그중에서 가장 먼저 움직인 것은 이 퀘스트에 많은 불만을 가지고 있던 백광의 전사 제논이었다.

덥석!

"너! 무슨 생각이야! 우리 목적은 당장 빨리 퀘스트를 깨고 돌아가는 거 아니었어? 그것 때문에 우리 애들이 희생된 거 아니었냐고!"

"이봐, 제논! 진정해!"

"내가 지금 진정하게 생겼어?!"

멱살을 잡힌 백염의 마도사가 제논의 손에 대롱대롱 매달린 채 그를 진정시키려 했지만, 이미 화가 머리끝까지 난 제논의 귀에는 어떤 설명도 들어오지 않았다.

"쯧쯧… 내가 이러니 너를 무식하다고 하는 거다."

"뭐?"

종래에는 그의 속까지 박박 긁는 백염의 마도사의 말에 울분이 치밀어 오른 그가 금방이라도 때릴 태세로 한 손을 들어 올리자, 백염의 마도사가 혀를 차며 작게 속삭였다.

"쯧쯧… 기가 썬더."

빠지지지지직—!

제논의 아랫배 부분, 멱살을 잡은 제논으로선 볼 수 없는 위치에서 마법의 수인을 맺고 있던 백염의 마도사의 전격 주문은 제 아무리 백광의 전사라고 할지라도 절대 피하지 못할 간격에서 그의 몸을 강타했다. 결국 이내 갑옷에 거뭇거뭇한 그을음을 묻힌 제논이 뒤로 고꾸라졌다.

쿠웅—!

"내가 그렇게 흥분하지 말고 싸우기 전에 적을 잘 파악하라고 했건만······."

물론 정말 그런 성격을 가지고 있었다면 제논이 백광의 전사라는 칭호를 얻지도 못했을 테지만, 백염의 마도사이자 치밀한 성격을 가진 그로선 언제나 흥분해서 막무가내의 싸움을 하는 제논이 불만이었다.

"···괜찮을까요?"

"뭐, 몸뚱이는 더럽게 튼튼한 녀석이니까 금방 깨어날 거다."

자신에게 심한 말을 한 제논이지만, 어쨌거나 자신을 구할 때 큰 활약을 보여준데다 앞으로의 여정에서도 많은 도움을 줄 사람이었다. 그렇게 생각한 라이칸슬로프 꼬마가 걱정스러운 어투로 묻자, 백염의 마도사는 아무것도 아니라는 듯 오히려 싱긋 웃어 보이기까지 했다.

벌떡—!

"너 이 자시이이이익!"

"봐, 맞지?"

번개에 맞은 지 얼마나 지났다고 순식간에 자리에서 벌떡 일어나는 제논을 보며 얼떨떨한 표정으로 고개를 끄덕인 라이칸슬로프 꼬마는 이내 백염의 마도사가 꺼내 든 새하얀 불꽃에 주춤 물러섰다. 그림자 식육 족과의 싸움에서 그가 선보인 마법이 얼마나 엄청났는지 두눈으로 직접 경험한 탓이다.

그리고 이런 백염의 마도사의 행동에 몸을 움찔한 것은 꼬마 아이뿐만이 아니었다.

금방이라도 백염의 마도사의 목줄을 틀어쥘 듯 뛰어오던 제논도 멈칫 자리에 선 것이다.

"방금 전엔 전격 마법이었다. 내가 여기서 백염을 쏘는 걸 보고 싶은 것은 아니겠지?"

"으으으……."

백광의 전사라는 명예로운 칭호를 받은 제논이었지만, 그의 진정한 정체는 싸우면 싸울수록 붉게 물드는 버서커였다. 전투가 지속될수록 그가 휘두르는 무기의 하얀 잔영만이 전장에 남는다는 의미에서 백광의 전사라는 이름이 붙은 것이다.

그러나 백염이라는 자신만의 마법을 창조해 무시무시한 화염을 날려 대는 백염의 마도사는 제논이 버서커 모드에 들어가기도 전에 그를 처치할 수 있는 어마어마한 실력자였다.

"자, 들을 준비는 됐어?"

"으… 좋아! 내가 납득하지 못한다면… 이번엔 아무리 너라도 얄짤없어!"

어차피 싸워봐야 질 테지만 길드원들이 보는 상황에서 약한 모습을 보일 수 없다는 자존심에 제논이 한마디를 덧붙였다. 이에 백염의 마도사는 싱긋 웃어 보일 뿐이었다.

"자, 그다지 어려운 얘기는 아니야. 조금 전 이 꼬마가 말한 포고문의 내용대로라면, 남부에 사는 마수족에 해당하는 모든 종족은 포고문에 적힌 지점을 향해 움직이도록 되어 있어. 그 이유는… 그들만이 아는 아주 중요한 이유 때문이야. 어때, 맞지?"

그러고는 백염의 마도사는 아이 쪽으로 고개를 돌려 눈을 찡 긋거렸다. 그 모습에 라이칸슬로프 아이가 멍한 얼굴로 고개를 끄덕였다.

"그리고 그건 이들 라이칸슬로프 족도 예외가 아니야. 솔직 히 명확한 이유를 알지 못해서 답답하긴 하지만… 이 아이의 반 응을 보면 원래 마을에 모이기로 한 나머지 라이칸슬로프들은 물론이고 원래 마을에 남아 있던 이들조차 그 장소로 향할 것 같군. 그렇다면 우리가 이대로 마을에 갔을 때 만나는 것은 텅 빈 마을이거나 아까 말한 것처럼 마을을 지키기 위해 남은 몇 명의 라이칸슬로프 정도겠지."

"뭐… 그럴 수도 있겠군."

백염의 마도사의 설명을 들으며 냉정을 되찾은 백광의 전사 가 고개를 주억거리자, 이에 만족스러운 웃음을 지은 백염의 마 도사가 말을 이었다.

"거기까지 이해했다면 이야기는 쉬워. 우리 역시 그곳으로 가는 거야."

"뭐어? 어째서?"

"어째서냐니? 거기에 라이칸슬로프들이 모일 거니까 당연하지."

"……."

너무 당연한 질문을 한다는 듯 대꾸하는 백염의 마도사의 말에 마땅히 대답할 말이 없어진 제논이 입을 닫자, 나머지 바이저스 길드원들도 고개를 끄덕였다.

"확실히 그런 것이라면……."

"게다가 우리가 가던 길을 돌아간다니까… 잘하면 죽은 애들도 합류할 수 있을지도 모르고……."

수군수군.

저마다 수군대는 바이저스 길드원들의 목소리에서 백광의 전사를 꾈 좋은 아이디어를 얻은 백염의 마도사가 슬쩍 그에게 붙으며 말했다.

"그리고 이 아이 말대로라면 집결 위치는 우리가 왔던 길을 되돌아가는 길이야. 그렇다면 이제 사망 페널티가 풀렸을 우리 길드원들과도 다시 합류할 수 있다는 말이지."

마계에서 죽은 유저들은 모두 사망 페널티가 끝난 뒤 중간계의 마을에서 부활하도록 되어 있었다. 그리고 원한다면 얼마든지 다시 원래의 위치에서 마계로 올 수도 있었다.

마계에서 중간계로 가는 문은 제공되지 않지만, 중간계에서 마계로 가는 문은 이벤트 기간 내내 열려 있기 때문이다.

"뭐? 그런 거라면 진작 말하지 그랬어!"

여기까지 오는 내내 함께하지 못한 길드원들에게 미안한 마음과 아쉬움을 가지고 있던 제논이 반색하며 고개를 돌렸다.

"얘들아! 돌아가자!"

"옙!"

이미 두 리더의 대화를 멀리서 모두 듣고 있던 바이저스 길드원들은 제논의 말에 두말 않고 고개를 끄덕였고, 이에 제논은 만족스러운 웃음을 지었다.

그리고 그 뒤에선…….

"봐, 잘됐지?"

"예? 아, 예……."

지금껏 그가 백광의 전사인 제논을 구워삶는 것을 지근거리에서 지켜본 아이로선 백염의 마도사의 저 상큼한 표정이 어쩐지 두렵게만 느껴졌다.

"그런데 말이야."

"예?"

"그 이유란 것은 정말 알려주지 않을 거니?"

"그건……."

백염의 마도사가 묻는 이유, 그것은 마수족들이 포고령에 적힌 이름 하나에 일족의 큰일마저 도외시한 채 마계 최남부까지 가는 이유였다.

'말해도… 될까?'

이들 바이저스 길드라는 인간들이 믿을 만한 이들이라는 것은 이미 경험을 통해 알고 있었다. 그러나 바로 그 이유를 머릿속에 떠올리는 순간, 머릿속을 가득 채우는 영상에 아이는 저도 모르게 고개를 젓고야 말았다.

불구덩이 속을 뛰어드는 마수화한 라이칸슬로프들, 조그마한 박스에 몸을 구겨 넣는 선조들, 거대한 모자에 인간형으로 들어갔다가 천장에 달린 등을 보고 마수화해서 뛰쳐나오는 이들의 처참한 영상……. 그것은 조상 대대로 내려오는, 라이칸슬로프들만이 공유하는 특별한 기억이자 치욕의 역사였다. 그런 치욕의 역사를 남들에게 떠벌릴 자신이 없었다.

"그건… 힘들 것 같아요……."

"그래? 그렇담 어쩔 수 없지."

어쩐지 냉막하게 돌아서는 백염의 마도사였지만, 사실 그 역시도 크게 기대하지 않은 바였다. 어차피 정말 모든 마수들이 모이는 곳이라면 어떤 식으로든 정보를 캐낼 방법은 많이 있었고, 굳이 기껏 친목을 다져놓은 라이칸슬로프 족의 아이에게 밉보일 이유가 없기 때문이다.

'뭐, 가보면 알 테지.'

그는 그렇게 생각했고, 바이저스 길드는 결국 십여 일에 걸쳐 거슬러 온 길을 따라 다시 남부로 움직이기 시작했다.

그리고 이건… 이들뿐만이 아닌 마계 남부 전역에 흩어져 있는 유저들, 즉 마수족의 해방 퀘스트를 받은 모든 사람들에게 벌어지고 있는 일이기도 했다.

바이저스 길드와 마계에 발을 들인 수많은 유저들이 자신들의 호위 대상을 따라 최남단의 바다를 향해 가는 사이, 비슷한 퀘스트를 받았음에도 사정이 조금 다른 이들이 있었다.

"전사장님, 귀를……."

"음?"

마계 남부의 남동쪽, 다크 엘프의 숲.

실로 오랜만에 감히 그들의 영역을 침범해 온 인간들을 묶어다 놓고 심문을 하던 파울은 갑자기 들이닥친 다크 엘프 전사의 모습에 눈살을 찌푸리다가, 이내 그가 풀어놓은 정보에 눈을 크게 떴다.

"그게… 정말이냐?"

"예… 몽마족과 마계 펭귄 족이 심해왕을 목표로 진군하기 시작했습니다."

"설마 그들의 힘만으로 쳐들어가기로 결정했을 리는 없을테고… 조력자들이 있나?"

마을의 전사장답게 날카로운 통찰력을 가진 파울은 심해왕의 추종자들과 몽마족과 펭귄 족의 합친 전력을 냉정하게 비교 분석하며 그들의 조력자 유무를 따졌다.

"알려진 바로는… 서큐버스 퀸과 펭귄 왕의 이름으로 남부 전 지역의 미수족들을 징집했다고 합니다."

꿈틀.

"그럴 리가. 그 녀석들이 겨우 서큐버스 퀸과 펭귄 왕의 말에 따라 움직일 리도 없을뿐더러… 설령 모인다고 해도 쉽사리 이길 수도 없다는 것을 알 텐데?"

그 말대로였다. 심해왕은 역대 남부의 지배자중 가장 사악하다 할 만큼 악독한 폭군이지만, 종족 특성상 그의 영역인 바다를 크게 벗어나지 않는 탓에 그 더러운 성격에 비해 마계 남부에 끼친 영향은 그리 크지 않았다.

그런 탓에 내륙에 있는 이들은 심해왕이 폭정을 펼치든 말든 신경도 쓰지 않고 있었다. 그러니 굳이 심해왕을 상대로 싸움을 걸러갈 이유가 없었다.

더욱이 심해왕의 폭정으로부터 살아남기 위해 어쩔 수 없이 그의 휘하로 들어간 모든 물과 관련된 종족들이 있는 이상, 내륙의 모든 미수족이 몰려간다고 한들 이기기는 어려울 터였다.

'그 물고기 녀석들을 몽땅 땅에 꺼내놓고 싸우는 게 아닌 이상… 녀석들의 베이스에서 싸우는 건 불리할 수밖에 없어. 그런

데 대체 무슨 자신감으로?'

파울로서는 도저히 이해할 수 없는 일이었다.

현재 내륙의 마수족들은 심해왕의 바다를 중심으로 한 움직임 탓에 사실상 폭주하고 있다는 말이 어울릴 만큼 엉망진창으로 난동을 부리고 있었다. 그 과정에서 수많은 소수 종족들이 사라지거나 사라질 위험에 처해 있었다.

그런데 그런 난장판에서 목숨이 경각에 달한 녀석들을 소집하다니, 상식적으로 이해가 안 되는 일이었다.

'무언가 이유가 있을 텐데……'

한참을 고심에 빠져 있던 파울이 문득 고개를 들었을 때, 그곳엔 입이 근질거리는지 입가를 경련하는 다크 엘프 전사가 서 있었다.

"그래, 너. 뭐 알고 있는 게 있나?"

한시라도 자기가 아는 정보를 더 풀어내고 싶던 다크 엘프 전사는, 전사장의 허락이 떨어지기 무섭게 그가 주워들은 최신 정보를 파울의 귀에 흘렸다.

"아직 확인되지는 않았습니다만… 그들을 소집한 포고문에 잭 오칼롯의 이름이 쓰여 있다고 합니다."

"잭 오칼롯……?"

파울은 처음엔 그게 무슨 의미인지 잘 이해 못한 듯 고개를 갸웃거렸지만, 이내 그 이름의 의미를 깨닫고 자리에서 벌떡 일어나며 외쳤다.

"잭 오칼롯?!"

"예. 본인은 아닐 테고… 아마 그의 중요한 신물을 챙긴 후계자 정도가 아닐까 생각됩니다."

"잭 오칼롯… 그 녀석의 후계자라……."

파울의 갑작스러운 행동에 그의 앞에 쪼르륵 앉아 있던 인간들이 크게 쫄아 움찔거리는 것이 느껴졌지만, 이미 이들이 우연찮게 이곳에 떨어진 허접들임을 안 파울에겐 이미 관심 밖의 일이었다.

그들이 가진 이상한 빛의 힘에는 조금 관심이 가긴 했지만……

"그래… 그 이름이라면 가히 마수족 대군을 움직일 만한 힘이 있지. 그리고……."

'심해왕에 도전할 만한 힘도!'

물론 후계자에 불과한 녀석이 과연 남부의 지배자인 심해왕을 상대할 수 있느냐 하는 문제가 남긴 하지만, 만일 정말 잭 오칼롯의 후계자가 나타난 것이라면 심해왕 본인이 나서서 싸움을 걸려고 들지도 모른다.

'그리고 우리도 말이지……!'

생전에 마술에 미쳐 있던 잭 오칼롯은 미녀 조수를 갖기 위해 곧장 남부의 몽마족을 습격하여 모두를 포로로 잡아 학대했고,

그 과정에서 몽마족의 세력이 쪼그라든 것으로 알려져 있었다.

하나 이는 반만 맞고 반은 틀린 이야기였다.

몽마족이 모두 사로잡혀 그의 학대를 받다가 죽어나간 것은 사실이지만, 잭 오칼롯이 남부에 온 이유는 사실 다크 엘프족 때문이었다.

미모만으로도 중간계는 물론 마계에도 유명한 것이 엘프족이다.

다크 엘프족은 피부가 검푸른 색을 띠고 있을 뿐, 그 외견 자체는 보통의 엘프와 똑같이 아름다울 뿐 아니라 마기를 머금고 있는 탓에 마왕인 잭 오칼롯에게 딱 어울리는 조수라고 할 수 있었다.

그렇기에 잭 오칼롯은 미녀 조수가 필요하다고 느꼈을 때 가장 먼저 다크 엘프들을 떠올렸고, 남부로 진격해 곧장 그들을 사로잡았다.

그 과정에서 다크 엘프족이 큰 피해를 본 것은 당연지사였다.

압도적인 무력에 굴욕적인 패배를 겪은 그들은 곧바로 잭 오칼롯 마술 쇼의 조수로 채택되었고, 굴욕적인 세월을 보내게 될 예정이었다.

하나 그것도 잠시, 다크 엘프들과 마술 공연을 한 잭 오칼롯은 크게 화를 내며 다크 엘프족을 도로 풀어주었고, 곧장 몽마족의 성채를 향해 진격해 갔다.

어처구니없게도 조금 전까지 마술 쇼를 하던 공연장에 덩그러니 남겨진 다크 엘프족들은 잭 오칼롯이 가기 전 남긴 말에 몸을 떨었다.

'이 새끼들은 너무 어두침침해서 공연할 때 잘 안 보이잖아! 피부가 밝은 것들이 필요해!'

그랬다. 마술 공연의 배경이 되는 곳은 대개 어두운 환경이다.

이는 마술사의 트릭을 숨기기 용이하고, 무대 중앙에서 조명을 받는 마술사에게 시선을 집중시키는 효과를 가지기 위함이다.

그런데 이런 어두운 무대 위에 다크 엘프족이 조수로 서자, 어둠에 동화되어 그들이 하는 마술을 알아볼 수 없게 된 것이다.

미녀가 들어간 상자를 칼로 마구 찔러 댄 후 다시 그곳에서 미녀가 '짠' 하고 튀어나왔음에도 그녀가 상자에 들어가는 과정을 인지하지 못한 관객들 덕분에 마술이 실패했다. 공중 부양 마술을 할 때는 허공에 띄운 미녀가 배경과 잘 분간이 가질 않아, 간신히 알아본 이들에게서 작은 박수를 받은 게 다였다.

자신의 마술이 다크 엘프족의 까만 피부로 인해 모두 실패로 돌아가자, 이에 크게 분노한 잭 오칼롯이 그들을 버리고 떠나간 것이었다.

'너무도 굴욕적인 일이라 차마 역사서에 기록하지도 못한 일이지.'

실제로 다크 엘프족의 역사서에는 그 당시의 일이 기록되지 않았고, 어떠한 소소한 일이 있든지 모두 기록하도록 되어 있는 그들의 역사서에는 잭 오칼롯과의 전쟁 시작을 기점으로 약 일주일 간의 내용이 존재하지 않았다.

그럼에도 불구하고 파울이 그때의 치욕스러움에 공감하고 이토록 분노할 수 있는 것은 구전으로 전해진 기억의 힘이자, 피에 새겨진 고통의 흔적이라고 할 수 있었다.

"마을에 전해라. 모든 마을의 전사는 단 한 명도 빠짐없이 남부 바다로 간다."

"예?"

아직 어린 다크 엘프 전사는 기억을 전수받지 못한 탓인지 의문성을 내뱉었지만, 이내 자신의 실수를 깨닫고 대답을 정정했다.

"옛! 알겠습니다!"

후다닥!

재빨리 뛰어나가는 전사의 뒷모습을 보며 잠시 상념에 잠겨 있던 파울에게 그의 곁에서 심문을 보좌하던 또 다른 전사가 물었다.

"저… 전사장님. 이 인간들은 어떻게 할까요?"

"음……."

파울은 침음하며 여지껏 심문하던 인간들로 시선을 향했다.

모든 전사를 데리고 간다, 이는 이 인간들을 감시할 전력까지 모두 데리고 간다는 의미였다. 물론 이 인간들을 두고 간다고 한들 이런 녀석들에게 당할 마을이 아니지만, 전사 훈련을 받지 못한 아이들이나 일부 부녀자들의 경우 곤란에 처할 수도 있었다.

이런 사실에 침음성을 흘리며 잠시 고민하던 파울은 이내 싸늘한 눈빛을 빛내며 말했다.

"데리고 간다."

"예?"

이 자리에서 죽이라는 명령을 기다리고 있던 다크 엘프 전사가 되묻자, 파울이 잔혹한 미소를 띠우며 대꾸했다.

"데리고 가서… 화살 받이로 쓴다."

그들이 지금부터 갈 곳은 전장. 치욕을 갚아주기 위해 갈고닦은 칼을 차고 나서는 길이지만 그로선 전사들의 희생을 최소화하는 쪽이 좋았다.

'잭 오칼롯의 후계자… 조금만 기다려라. 네가 물려받은 것들을 엉엉 울면서 토해내야 할 테니.'

잔혹한 상상을 하는 파울의 눈가에 기광이 서리고, 그의 몸 주변으로 강렬한 마기가 솟구쳤다.

그러다 문득 무언가를 떠올린 파울이 의미심장한 미소를 머금었다.

'그래… 그러고 보니 그 녀석이 있었지.'

불과 얼마 전 그의 간담을 서늘하게 한 엘프 소녀.

그 이후로도 하루가 다르게 실력이 일취월장하여 이미 보통의 전사들로는 그 아이를 막을 수 없을 지경에 이르렀다.

'이번 기회에 확실하게 테스트해 봐야겠어.'

과연 촌장에게 들은 대로, 그것을 받을 자격이 있는지…….

파울의 입가에 다시 한 번 의미심장한 미소가 어렸다.

외전

잡다한 이야기

9. 엘리멘탈 파이브와 아르덴들의 경우

"뭐야? 이런 곳에도 사람이 오네?"

"……?"

신기한 것을 봤다는 듯, 저 멀리서부터 들려오는 목소리에 고개를 돌렸던 아르덴은 문득 눈에 들어오는 알록달록한 차림의 4인 파티를 보며 고개를 갸웃거렸다.

그들의 모습이 어딘가 익숙하게 느껴진 탓이었다.

"호오… 저 녀석들은?"

"아저씨, 아는 사람이야?"

"뭐, 조금 아는 편이지."

가까이 갈수록 선명하게 보이는 그들의 쫄쫄이 차림새. 그것을 본 엘로아는 이런 인간들을 알고 있다는 것이 혐오스러운지, 질색하는 표정으로 순백의 기사로부터 멀어졌다. 그리고 그 모습을 보며 언제고 한 번 저 버릇없는 행동에 대해 혼을 내야겠다고 다짐하고 있던 아르덴은, 이내 그의 눈에 들어온 노란 쫄쫄이… 아니, 노란 쫄쫄이를 입고 있는 줄 알았던 황인종 여성의 등장에 그만 호흡도 멈춰 버렸다.

"오빠, 왜 그래?"

"어? 어어어? 아, 아아아아무것도……!"

누가 봐도 당황한 게 빤히 보임에도 거짓말을 하는 아르덴의 모습에 엘로아가 새치름, 눈을 치켜떴다. 하지만 당장에 추궁할 만한 건덕지가 없었기에 그저 눈빛으로 압박을 보낼 뿐이었다.

그리고 마침내, 쫄쫄이 무리와 그들 순백의 기사 파티가 서로 마주 보게 되었다.

"유후~ 이게 누구야? 순백의 기사님 아니신가?"

"내 빠께쓰에 휘청거리던 분이지. 큭큭큭!"

"이, 이봐! 레드, 블루! 비아냥은 그만둬!"

만나자마자 시비를 걸기 시작하는 레드와 블루의 모습에 당황한 그린이 손을 내저으며 말렸다. 하지만 의외로 순백의 기사는 아랑곳하지 않고 그들 앞으로 불쑥 손을 내밀며 티 없이 맑은 웃음으로 화답했다.

"하하, 다들 잘 지냈는가?"

"어? 어어……."

그런 행동에 당황한 레드가 저도 모르게 순백의 기사의 손을 맞잡았고, 이내 순백의 기사가 넉살 좋게 웃으며 일전 그들의 싸움의 이유가 되었던 여인을 보며 다시 한 번 인사를 했다.

"하하, 또 뵙는군요. 레이디."

"호호, 절 기억하시는군요?"

"그럼요. 설마 하니 제가 지키고자 나섰던 레이디의 얼굴을 잊을 리가요."

아무렇지 않게 느끼한 말을 쏟아내는 순백의 기사의 모습에서 사심 없는 호의를 느낀 그녀가 웃으며 고개를 끄덕일 때, 아직 꼬장꼬장한 표정을 짓고 있던 블루가 다시 한 번 순백의 기사에게 시비를 걸었다.

"그래, 우리가 헤어질 때 한 약속… 아직 잊지는 않았겠지?"

"음? 약속?"

약속이란 말에 잠시 고개를 갸웃거리던 순백의 기사가, 이내 기억났다는 듯 손뼉을 짝 치며 말했다.

"아아～ 다음에 만나면 레드 씨랑 그린 씨가 때리기로 한 것 말인가?"

"그래!"

순백의 기사가 혹여나 기억하지 못할까 봐 조마조마한 마음에 손톱까지 물어뜯던 블루는 마침내 기억해 낸 순백의 기사를 보며 환하게 웃었다. 그러나 이내 약속의 의미가 떠오른 듯 정색하며 말했다.

"그래……. 이렇게 다시 만난 것도 운명이라는 생각이 드는군. 어때? 그때의 결착을 다시 짓는 것이."

"으음… 그건 곤란하군."

"뭐?"

당연히 시원하게 한판 붙자고 할줄 알았던 순백의 기사가 의외로 빼는 모습을 보이자, 당황한 블루가 되물었다. 동시에 블루는 이어진 말에 심각한 고민에 빠지고 말았다.

"그때 분명 엘리멘탈 파이브는 하나라는 둥… 그렇게 말했지 않나?"

"그랬…던 것 같기도 하고……."

잘은 기억 안 나지만 그런 말이야 평소에도 달고 다니는 그들이었다. 블루와 레드, 그린은 이내 어수룩하게 고개를 끄덕였다. 그러자 순백의 기사는 더욱 곤란하다는 듯 말을 이어갔다.

"그렇다면 저기에 자네들이 새로 들인 옐로우 양은 어떤가? 아, 이름 옐로우 맞으시죠?"

"뭐… 원래 이름은 따로 있지만 이 바보들이랑 있는 동안은… 옐로우가 맞아."

자신의 추측이 맞았음에 크게 흡족해하던 순백의 기사는 다시 고개를 돌려 나머지 엘리멘탈 파이브를 바라보았다.

"그래, 하나인 자네들은 이번에는 옐로우 양을 포함해서 넷이서 공격해 올 테지. 하지만 그것은 이전의 약속에 위배되는 것이지 않은가? 내가 약속한 엘리멘탈 파이브는 셋이 하나인 엘리멘탈 파이브. 하지만 지금은 네 명이 되었으니…… 그때 나의 약속은 지금의 엘리멘탈 파이브와도 유효한 것인가? 이 싸움에는 옐로우 양이 끼어도 되는 것인가? 아니면 소외를 받아야 하는 것인가? 무엇보다 마지막으로 내가 레이디와는 싸우지 않는다는 철칙을 자네들과의 승부 때문에 꺾는 것이 합당한 것인가?"

무언가 장황한 말을 늘어놓긴 했지만… 그야말로 궤변 덩어리였다.

애시당초 약속은 그 셋과 한 것, 싸움은 그냥 옐로우를 빼놓고 하면 될 일이다. 심지어 이 이야기의 주체가 된 옐로우 자신도 이 일엔 관심 없다는 듯 귀를 후비는 모습이었으니, 애당초 싸울 생각도 없는 것이 분명했다.

만일 이런 질문을 나여주나 대로에게 했다면 단숨에 역공을 당했을지도 모를 일이다. 물론 엠페러라면… 손발을 동원해 질문에 있는 물음표 개수를 세는 것부터 시작했을지도 모르지만……

어쨌든 이런 허점 투성이 질문임에도 일상 속에서 '엘리멘탈 파이브는 하나다'라는 말을 달고 다니던 셋은 조금 갈등하고 있었다.

'이대로 우리의 싸움에서 소외되어 버린다면⋯ 그건 옐로우한테 너무 미안하잖아!'

'그러다 간신히 꼬신 옐로우가 탈퇴라도 한다면 우린 다시 셋이 될 테고⋯ 그럼 나머지는 언제 구해!'

'아니, 그보다 우리 아직 넷이서는 한 번도 같이 안 싸워봤잖아? 괜히 우리 때문에 옐로우가 다쳐서 화내기라도 하면⋯ 그건 너무 끔찍해!'

동시에 이들 모두는 자신들과의 약속으로 인해 순백의 기사가 레이디랑 싸우지 않는다는 맹세를 깨야 한다는 것에 심적 부담을 느끼고 있었다. 군이 따지자면 자신들의 약속을 지키기 위해 그의 또 다른 약속을 깨야 하는 상황이니 말이다.

'끄응⋯ 어쩌지? 옐로우한테 물어볼까?'

그나마 순백의 기사가 한 약속은 그에게 양해를 구하는 식으로 의견을 조율해 보면 될지도 모른다지만, 옐로우에게 같이 싸워줄 것이냐고 묻는 것은 그들에게 있어 가장 꺼려지는 선택이었다.

그것은 이 모든 문제를 해결할 수 있는 아주 간단한 방법이면서도, 그들에게는 가장 힘든 방법이었다.

'혹시 싫다고 한다면 어쩌지? 벌써 우리 엘리멘탈 파이브가 지겨워졌다면?'

'아, 괜히 물어봤다가 혼나는 거 아니야? 옐로우 화나면 무서운데…….'

'나는 여자랑 말하면 속이 울렁거려서…….'

각자의 이유로 옐로우에게 질문하기를 꺼려 하는 이들 세 바보는 이내 눈빛을 의견을 조율하고는, 그들의 대답을 기다리던 순백의 기사에게 말했다.

"그 약속은… 나중에… 여건이 되면 다시 하기로 하지."

"그래, 좋다!"

"역시! 쿨한 남자라니까!"

언제가 될지 모르는 그 여건이 되는 날을 다시 약속의 날로 잡은 것에 아무렇지 않게 고개를 끄덕이는 순백의 기사를 보며 시원스레 칭찬을 내뱉은 그들은 문득 떠올랐다는 듯 이를 멍하니 관전하고 있는 아르덴과 엘로아를 보며 물었다.

"너희도 '이쪽' 문을 이용하려고 온 거야?"

"뭐, 이 시기에 여기에 올 이유는 그것밖에는 없지."

"호오, 저 둘 어려 보이는데 굉장하구만."

어려 보이는 것은 외모뿐만이 아니었다. 실제로도 어린 나이의 아르덴과 엘로아였으니. 그러나 게임상의 외모는 레벨이나 게임 실력과 아무 상관이 없다. 한데도 그들은 아르덴과 엘로아의 외모만 보고 얕잡아 보고 있는 것이다.

이런 분위기를 파악한 두 남매가 슬쩍 무기를 꺼내 들었다.

자신들의 특기를 보여주고 이 바보들을 기선제압할 생각인 것이다.

그러나.

"잠깐, 얘들아."

순백의 기사가 그런 두 남매를 말렸다.

"뭐예요, 아저씨?"

"……."

잔뜩 흥분해 있던 옐로아가 순백에 기사에게 짜증을 부렸고, 아르덴은 잠시 말이 없었다.

그러다 마침내, 아르덴과 순백의 기사가 동시에 말했다.

"적이다."

"적이다."

흠칫—!

그제서야 이상을 느낀 것일까.

레드, 블루, 그린이 몸을 떨며 각자 기척을 느낀 곳으로 시선을 돌렸고, 옐로아 역시 몸을 돌려 적이 있을 것을 짐작되는 수풀 쪽에 감각을 집중하기 시작했다. 옐로우는 순백의 기사나 아르덴이 말을 하기 전부터 이미 숲을 향해 검을 들어 올린 상태였다.

"이게… 케이안 숲의 몬스터들……."

아직 거리가 꽤 떨어져 있는 듯하지만, 그럼에도 불구하고 수

300

풀 너머에 거대한 존재감이 드리워지는 것을 느낄 수 있었다.

뿐만 아니라 저 높다란 나무 곳곳에서는 거뭇한 그림자들이 은근한 압박감을 흘리며 주변을 뛰어다니기 시작했고, 땅 밑에서도 흐르듯 움직이는 무언가의 음험한 기척이 느껴지고 있었다.

꿀꺽.

누군가의 침 삼키는 소리가 정적이 가득한 케이안 숲에 울려 퍼졌다.

그리고 그때, 순백의 기사가 맡고 선 곳에서부터 땅 울림과 함께 마침내 몬스터 한 마리가 모습을 드러냈다.

"…토끼?"

"꽤… 귀엽네?"

집채만 하다는 표현이 부족할 만큼 거대한 체구의 토끼는 오동통한 볼을 오물거리며 일행 앞에 모습을 드러냈고, 잠시 고개를 갸웃거리는가 싶더니, 이내 몸에 딱 붙는 쫄쫄이를 입은 세 사람을 지그시 쳐다봤다.

어쩐지 옛날을 회상하는 듯한 분위기를 풍기는 토끼는 함부로 공격할 수가 없는 모습이었다.

왜, 만화나 영화 같은 데서도 변신하거나 회상하는 장면에서는 공격을 안 하지 않는가.

"……."

"……."

이 거대한 토끼의 서열은 이 숲에서 그리 낮지 않은 듯, 일행을 목표로 움직이던 나무 위, 수풀 속, 땅속의 몬스터 등이 모두 하나가 된 듯 숨을 멈추고 토끼의 움직임에 촉각을 곤두세웠다.

놀랍도록 정적만이 느껴지는 그 공간에서, 마침내 토끼가 상념을 멈추고 다시 쫄쫄이 삼형제를 쳐다보았다.

그들을 보는 토끼의 눈에는 언젠가 보았던, 속옷 바람으로 쏜살같이 달려 자신으로부터 도망친 한 남자의 모습이 아른아른 맺혀 있었다.

"다들……."

그것이 무엇을 의미하는지 이곳에 있는 이들 중엔 그 사정을 정확히 아는 사람은 아무도 없었지만, 훼까닥 돌아가기 시작한 토끼의 눈동자를 정면으로 바라보고 있던 순백의 기사는 한 가지를 직감했다.

"도망쳐!"

잘못하면 이곳에서 다 죽는다는 것을.

"으아아악!"

"괴물 토끼다!"

"으어어어어어!"

쿵쾅쿵쾅!

쫄쫄이를 입은 탓에 마치 속옷조차 안 입은 듯, 몸매를 여과 없이 드러낸 세 사람을 쫓는 괴물 토끼를 시작으로, 숲 그림자에 은신한 두 남매와, 몸에 성스러운 힘을 부르는 남자, 그리고 날카로운 눈으로 엎드린 듯 기묘한 포즈로 대기하는 여자까지.

다양한 군상이 모인 싸움이 막이 올랐다.

케이안 숲의 마계의 문 예정지. 아무도 찾지 않을 것이라는 개발자들의 생각과는 달리 그곳은 의외의 소란스러운 시간을 보내고 있었다.

〈『멋대로 라이프』 제6권에서 계속〉